하늘에서 온 편지 하늘로 보낸 편지

저자 빛의 형제들 그리고 월석

도서출판 신세림

하늘에서 온 편지 하늘로 보낸 편지

하늘에서 온 편지 하늘로 보낸 편지

책을 내며

소 잃고 외양간 고친다. 못된 송아지 엉덩이에 뿔난다. 등등

필자를 두고 만들어진 속담이 이렇게 많은지 참으로 모르고 살아 왔음을 고백합니다.

제 1부의 하늘에서 온 편지는 단순한 안부 편지가 아닌 것 같습니다.

필자가 1994년부터 받아온 우주로부터의 메시지가 예사스럽지 않음을 최근에야 눈치를 채게 되었습니다.

필자처럼 이렇게 우둔한 자를 그분들은 왜 선택하셨을까.

독자 여러분은 그분들이 도대체 어떤 존재인가를 알고 싶고 궁금할 것입니다.

주위의 많은, 필자의 가족에서부터 친구 친지가 언뜻 떠올리는 생각은 이러했습니다.

1. 신이 내렸다. 무당에게 내리는 신 내림을 뜻하고 있음을 눈치 채고 있습니다. 무당에 대한 편견 때문에 안쓰러운 마음을 가지고 조심스럽게 말합니다. 귀신이 씌인 것 같은데 말을 바로 해주기가 거북스러워 하는 사람도 있었다.

2. 각 종교마다 각기 다른 이름이 있지만 일반적으로 방언의 범주에서 생각하는 분들도 있고

3. 내용으로 대충 분류해보니 치유의 은사가 내렸다.

4. 외계문명의 지성체로부터 온 것 같다. 무언가 분명한 존재로부터 지상의 인간 세계에 전달하는 역할을 한다. 전문용어를 굳이 쓰자면 채널인이다

5. 성경에서 자주 등장하는 선지자다.

6. 일종의 예언이다.

7. 재미있는 친구는 '야! 이놈아 전생에 명의 이었던가보다', 아니면 '과학자 이었는가보다'.

8. 가장 추켜 세워주며 하는 말 중에 하나님이 너를 통해서 앞 세상의 일과 현재의 인류에게 경책의 말씀을 주시는가보다.

9. 교회에도 열심히 안 나가는 것 같고 교회 가기 전에는 절에도 열심히 다니더니만 그리고 때로는 성당에도 가자하면 덜렁 따라가고 이슬람 사원에도 친구따라 기웃거리더니 이 녀석 잡신이 들어 왔는가보다고 농담하는 친구도 있습니다.

10. 지금은 고인이 되셨지만 한울문화원의 큰 스승님 김 준원으로부터 기술 영을(자동기술을 할 수 있는 특이 공능을 부여 받는 거) 받고 나서부터이니 특이한 은사를 받은 것이 틀림없다고 부러워 하는 사람도 가끔 있었습니다.

필자의 생각으로는 10가지 부류의 사람들이 한 말들이 틀린 게 없다고 봅니다.

세상 사람들의 생각이 그러면 그러한 것이 되기 때문입니다.

독자 여러분 중에서도 여러분의 생각되는 쪽에서 보시면 되리라고 생각됩니다.

중요한 것은 메시지를 보내주시는 빛의 형제들의 권고와 경책의 말씀들이 실로 진실된 것으로 그분들 스스로의 권위를 지구 별 형제에게 강요하거나 회유하는 내용은 보이지 않고 현 인류를 보다 진일보 시켜보려는 지극한 사랑의 내용으로 가득하다는 점을 눈여겨 볼만합니다.

그 내용들을 진지하게 받아들여 주시면 독자 여러분께도 그리고 이 책도 역할을 다하게 될 것이기 때문입니다.

그리고 몇 가지 외부의 도서로부터 참고삼아 도형과 사진을 곁들였는데 이것은 현재의 과학으로 정밀히 찍어 놓은 것이라 첨부하였습니다. (영국 밀밭의 도형과 은하계의 사진, 인공위성에서 찍은 북극지방의 커다란 구멍 www.jesu-ufo.com에서 퍼옴)

여기에 쓰인 글씨(통칭 우주 부호, 혹은 우주 메시지)는 빛의 형제단으로부터 직접 받은 것이라 첨삭을 삼가 하였으며 우주 부호를 둘러싸고 있는 볼펜으로 된, 그리고 붓으로 그려진 추상적인 그림들은 필자가 메시지와 일치성을 나타내는 일종의 영감으로 첨가하였습니다.

필자의 바람은 각국의 지도자와, 종교, 환경, 과학 분야의 많은 분들이 읽어 볼 수 있도록 기도하고 있습니다.

빛의 형제 여러분에게도 이토록 늦게 저의 역할을 하게 되었음을 양해해 주시기 바랍니다.

지금부터라도 저에게 주어진 소임에 최선을 다 할 것입니다.

그리고 제2부 하늘로 보낸 편지는 저 세상으로 먼저 가버린 장남에게 생전에 다 못한 교육을 시킬 목적으로 그동안 간간히 메모해 두었던 내용들을 골라 아들의 영혼에게 전달해주려고 보고 싶고 생각나는 날, 혹은 매우 재미있는 이야기가 있으면 일기장에 편지형식으로 써 모아둔 것 중에서 골라 편집하였습니다. 다만 아쉬운 것은 출처에 메모를 해두지 않아 밝히지 못한 것을 죄송스럽게 생각합니다.

죽은 자식에 교육은 무슨 교육이냐고 생각할 수도 있으나 우리의 눈에 보이지 않는 영계를 알면, 육체를 가진 이승의 우리나 저승의 영적존재들이 함께 서로 긴밀한 영향을 주며 살아간다는 사실을 받아들이시면, 현재의 우리의 일상생활도 그 속에 살아가는 우리들의 사고의 틀도 많은 변화를 가져 올 수 있으리라 확신합니다.

눈에 보이는 세상보다 눈에 보이지 않는 세상을 중요하게 생각할 것을 성경과 불경은 여러 곳에서 강조하고 또 강조하고 있습니다.

어린왕자가 가끔 소곤거려 주기를, 정말로 중요한 것은 눈에 잘 보이지 않고 귀에 잘 들리지 않는다고……

끝으로 이 책을 내는데 물심양면으로 도와준 두 분이 있습니다.

나를 하나님의 말씀 안으로 안내해 주었으며 충격의 세월 속에 편안히 쉴 수 있는 공간과 지루할까봐 적당한 일감도 주며 달래준 친구 김 래창 부부에게 감사의 말씀을 전하고져 합니다.

음덕으로 기록될 것입니다.

내 옆에 있는 하늘의 진정한 아들 김 래창이 나의 친구 입니다.

그리고 그 인고의 아픔을 딛고 일어서준 아내와 작은 아들 경진에게도 사랑한다고 말하고 싶습니다.

CONTENTS

제 1부

하늘에서 온편지
— 초월의 형제들이 보내준 우주 메시지

1. 해원(원한이나 복수심, 앙갚음 등을 풀어버리는 것)의 중요성 … 13

2. 갇혀버린 영혼들 … 15

3. 외계문명의 존재 … 17

4. 접시 비행기 … 19

5. 삼계(천상, 지상, 지하)의 실존 … 25

6. 우주길 5만년 … 27

7. 반복적인 광자대의 변화 … 29

8. 음덕의 중요성 … 31

9. 위선의 사자들 … 33

10. 종교의 대통합을 이루어라 … 35

11. 황금빛 덩어리 해인 … 37

12. 다가올 지상선경 … 39

13. 오만과 방자 … 41

14. 봉황이 자리를 옮기다 … 43

15. 푸른 하늘 은하수 … 45

16. 하늘의 법도 … 47

17. 시루산 이름으로 다녀가신 하나님 … 49

18. 지축의 변화 … 51

19. 성경 속의 권능의 구름 … 53

20. 에녹과 엘리야 그리고 신선 … 55

21. 우주의 회전 법칙 … 57

22. 치도(治度) –신 개념의 시간과 공간 … 59

23. 조상님이 그대들의 하늘 … 61

24. 해적들의 후예 … 63

25. 기도의 중요성 … 65

26. 시간의 새로운 개념 … 67

27. 지구별은 인류의 어머니 … 69

28. 식량의 보고 갯펄 … 71

29. 우주의 율려 … 73

30. 직선과 나선형의 흐름 … 75

31. 더불어 살아야 할 우리 … 77

32. 거대한 생명체 지구 … 79

33. 약사불의 강림 … 81

34. 만물의 윤회법칙 … 85

35. 생, 장, 수, 장은 우주의 영원한 굴렁쇠 … 87

CONTENTS

1. 그리움과 아쉬움 … 91

2. 울고 싶은 밤에 … 92

3. 빛의 아들 … 97

4. 아버지 학교 –주님 제가 아버지입니다 … 98

5. 그리스도가 되는 길 … 101

6. 우리는 영원한 친구다 … 105

7. 엄마와 아빠 이렇게 산다 … 106

8. 구원의 보살 … 107

9. 수의 세계로의 여행 … 109

10. 지구별 현황 … 112

11. 변화하는 지축 … 117

12. 혼돈과 질서 … 119

13. 변질해버린 각 종교의 교리들 … 126

14. 인간 본성의 한계 … 128

15. 바보같은 친구 … 130

16. 하늘 아들의 이름들 … 133

17. 부모은중경 … 135

18. 보행기 사준 아저씨의 아쉬움 … 139

19. 생명과 영혼 그리고 수도 … 141

20. 잃어버린 역사 속으로 … 146

21. 우주 율려(운동하는 음양의 순수핵심) … 160

22. 기도란? … 167

23. 태양계의 가족들 … 170

24. 한류의 한복판에 삭은 맛과 감칠 맛이 … 197

25. 먹이가 진리의 윗분이다 … 199

26. 천진함이란 … 201

27. 황금만능의 시대 … 202

28. 순수한 인간품성의 일면 … 204

29. 삼시랑 할머니와 신교 … 206

30. 미리 가본 천국 … 212

31. 하늘의 신탁자 … 221

32. 구원의 다양한 길들 … 225

33. 현무경속의 무이구곡 … 229

34. 동물들의 회동 –금수회의록 중 … 246

35. 우화속의 우리들의 자화상 … 252

제 2부

하늘로 보낸 편지

– 하늘에 있는 아들에게

제1부

하늘에서 온 편지
(초월의 형제들이 보내준 우주 메시지)

1. 해원(원한이나 복수심, 앙갚음 등을 풀어버리는 것)의 중요성

천지 가득한 원혼들을 달래야 지상의 너희들도 평안하여 지느니라. 잊지 말라 잊지 말라. 같이 묶여 돌고 도느니라. 같이 활동하고 생활하고 있느니라. −1997.11

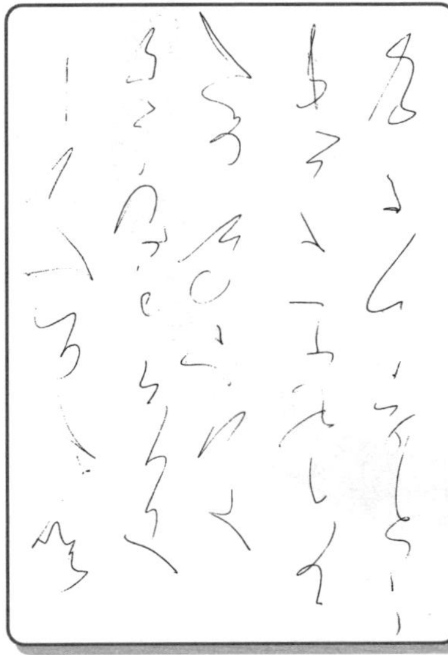

2. 갇혀버린 영혼들

 예수의 재림, 미륵불의 도래를 기다리고 있으나 이미 다녀가셨느니라. 너희는 예수를 다시 보내 주어도 알지 못할 것이며 또다시 십자가에 처형할 것이니라. 그 시대보다 더 타락하지 않았다고 하리라. 그때도 그랬느니라. 너희가 만든 각 종교의 교리가 하늘을 가리고 있느니라. 잘못된 신념의 신앙들이 어찌 권능의 구름을 볼 수 있겠느냐. -1996.3

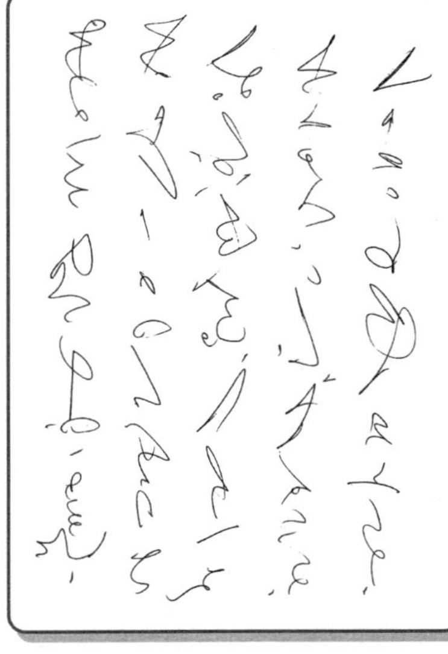

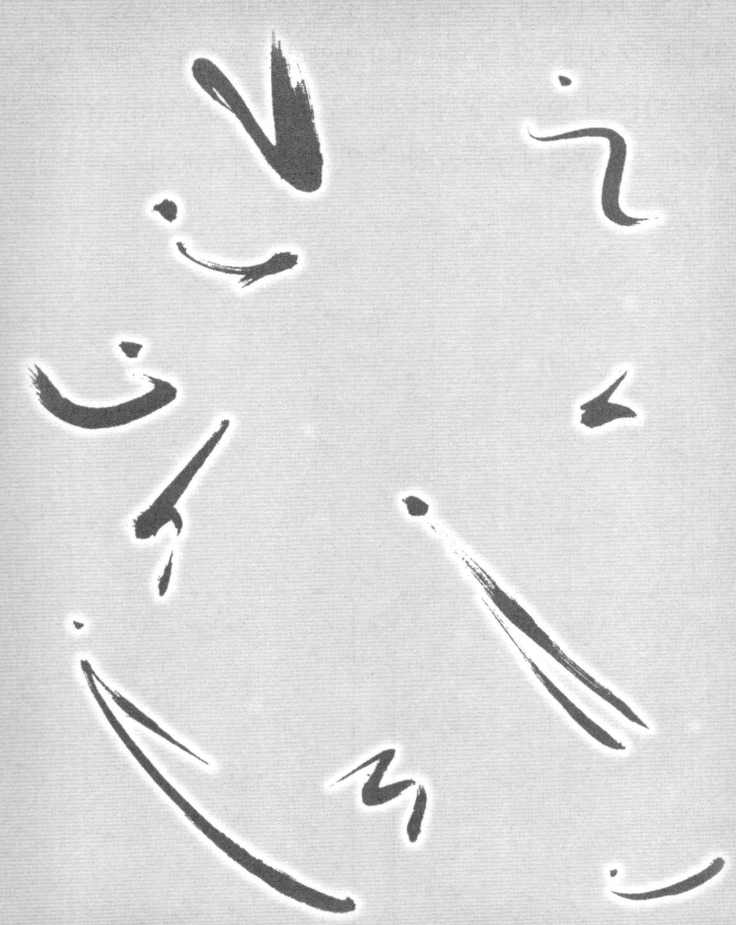

3. 외계문명의 존재

　지구 동공에 그리고 수많은 하늘나라에 너희가 모르는 신인류가 많고 많도다. 대 재앙이 몰려 들어올 때 그들이 이웃이구나. −1996.4

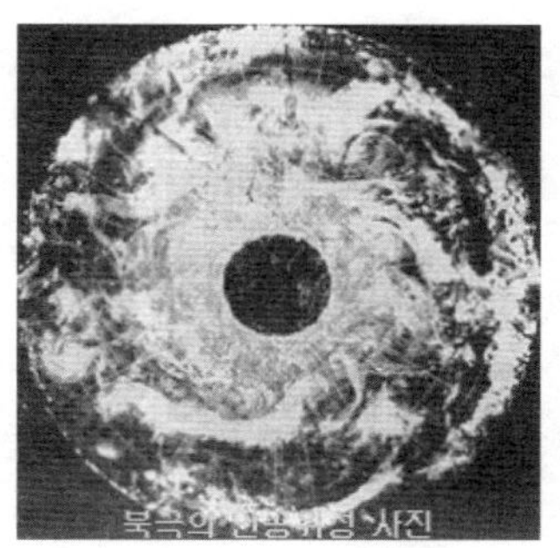

북극에 거대한 홀이 보인다.
지구동공에 통로가 있음을 암시 한다.
다녀온 사람들이 전한 말은 자기도 모르는 사이
비행기를 타고 들어가 지구동공의 신인류의 존재를 밝히고 있다.

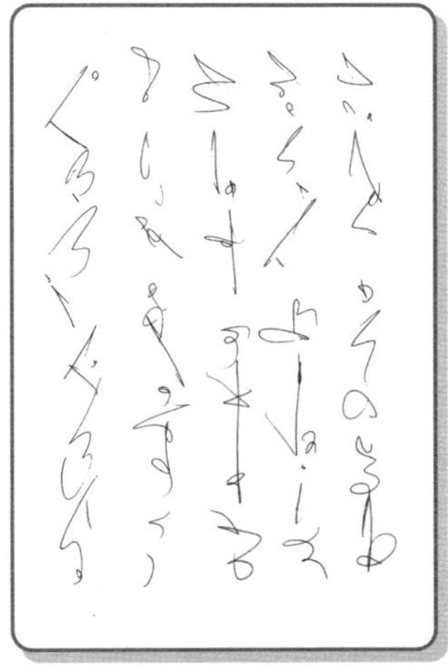

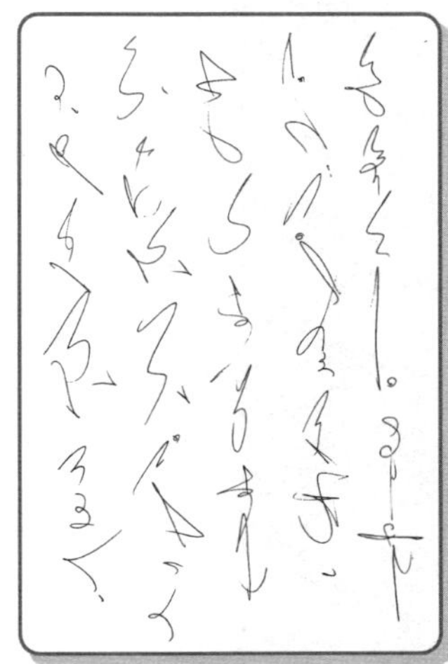

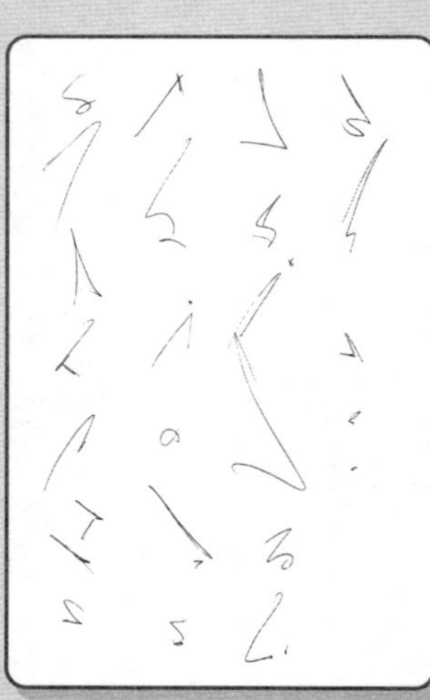

4. 접시 비행기

접시비행기의 지구인 접촉 비밀들을 해제해라. 그리고 모든 정보를 공개해라. 배울 건 배우고 가르칠 건 가르쳐야 한다. 숨기고 은폐하면 그 죄가 너무 커서 감당할 수 없노라. 지동설을 주장하던 자들도 종교 재판으로 죽이더니 오늘도 변한 것이 없구나. -1995.1

1994년 영국 후락스휠드의 밀밭에 만들어진 것. 개구리와 거북이를 나타내고 있는데, 개구리는 앞뒤가 가로막혀 있지만 거북이는 가로막힌 선을 돌파하는 형태의 그림이다. 그리고 영국의 다양한 지역의 도형들을 보면 지구인이 만들지 않았음을 쉽게 알 수 있다. 눈여겨 보기 바란다.

영국 스톤헨지 근처에 만들어진
써클

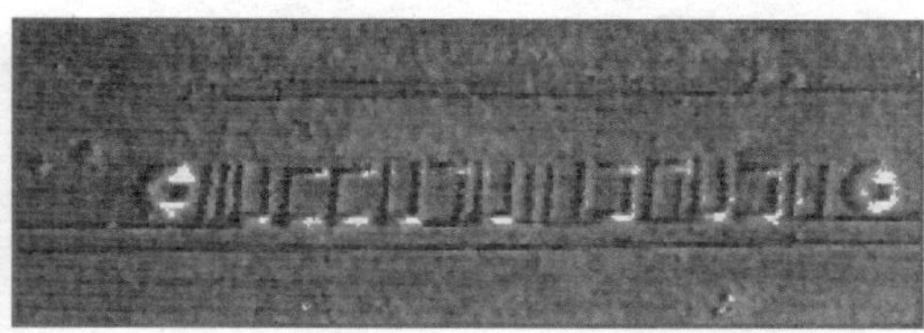

글자 형태의 크랍써클

대낮에 하늘에서 밀밭에 내려꽂히는 이상한 빛

써클을 가까이서 촬영한 것

가까이서 촬영한 써클

79년 영국의
블랜포드 지방 밀밭에 그
려진 도형

99년 7월 영국의
월트셔 지방에 그려진 그림

99년 7월 같은
지방에 그려진 그림

같은 시기 같은 지방에 그려진 그림

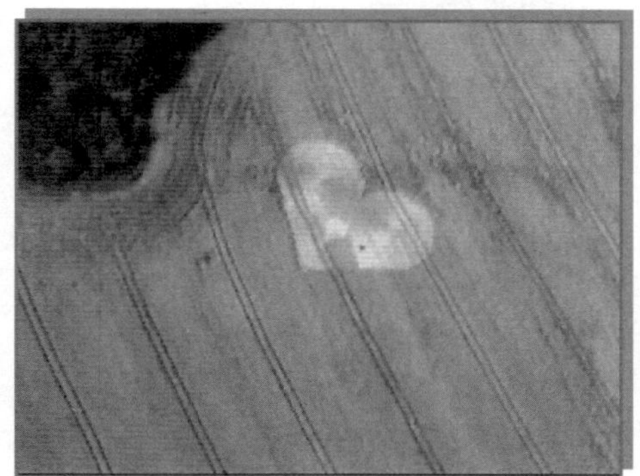

2001년 8월 영국의 쏘머셋 지방에 그려진 그림

2001년 8월 영국의
밀크힐 지방에 그려진 그림

2001년 7월 영국 윌트셔

같은 장소 8월

98년 8월 영국월트셔

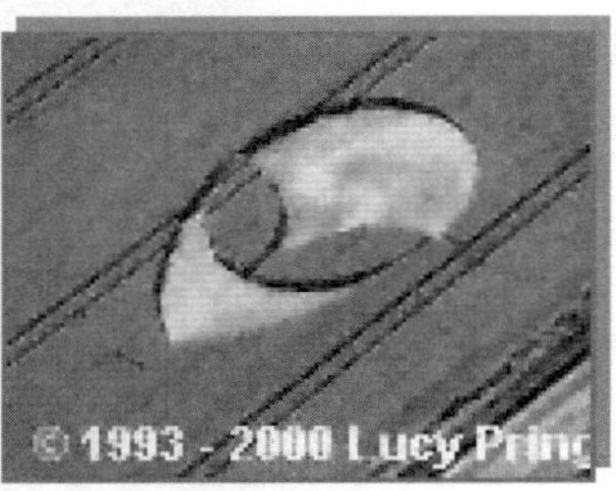

99년 8월 영국 윌트셔

96년 영국

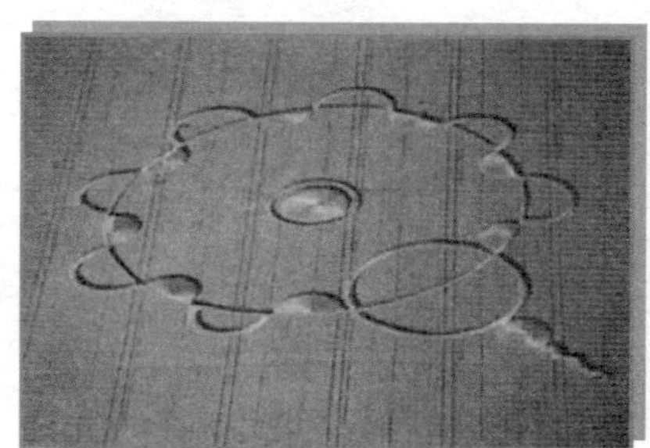

96년 영국

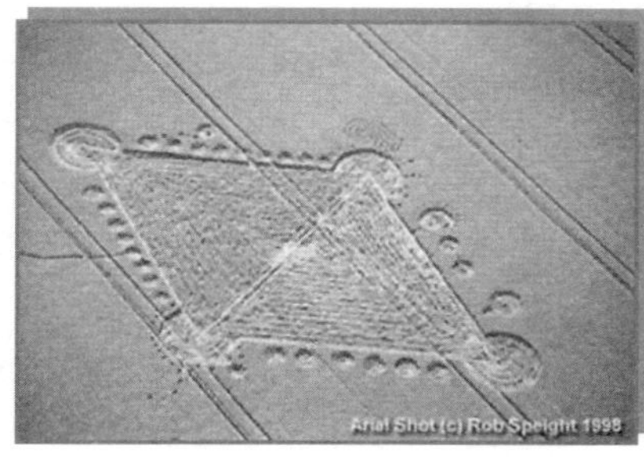

96년 영국

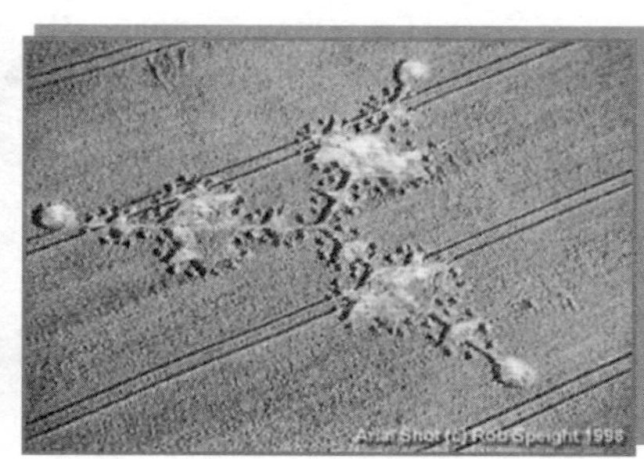

96년 영국

5. 삼계(천상, 지상, 지하)의 실존

지상의 죽음은 신명계의 탄생이며, 신명계의 죽음은 지상과 지하에 태어남이니라, 모두 이어져 한 세상이니라,닦은 만큼 베푼 만큼 연줄로 타고 태어남을 반복하느니라. 천상, 지하, 지상 삼계가 신, 귀, 인간으로 가고 오고 가느니라, 지상의 과학문명들 역시 높은 차원의 신명계에서 지하와 지상세계로 이전되며 서로 주고받느니라. -1997.5

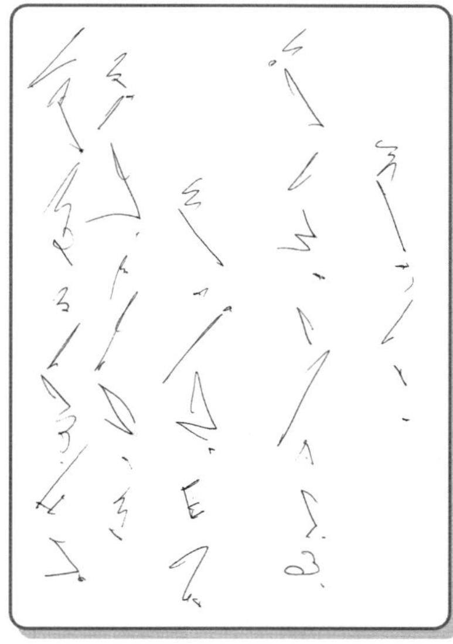 

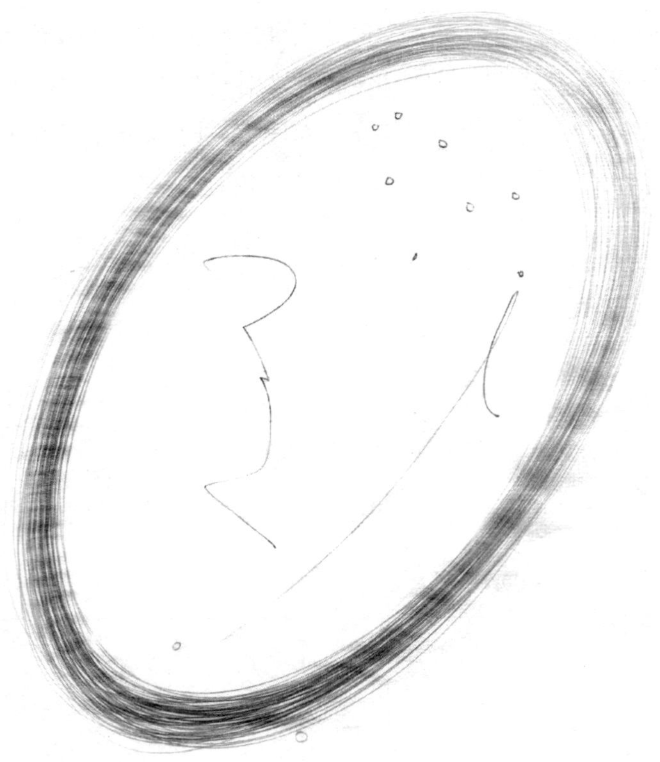

6. 우주길 5만년

크나큰 우주길에 봄, 여름, 가을, 겨울, 작은 은하길에 봄, 여름, 가을, 겨울, 태양계 돌고 도는데 봄, 여름, 가을, 겨울, 봄 속에 여름, 가을, 겨울이 숨어 있고 여름 속에 봄가을 겨울이 숨어 있고, 가을 속에 봄, 여름, 겨울이, 겨울 속에 봄, 여름, 가을이 숨어 돌고 돔을 그 누가 알 수 있으랴. 5만년 안고 돌고 5만년 안겨 도는 이치 그 누가 알까보냐. 한별자리 2000년 생각은 잠시로다. −1999.3

7. 반복적인 광자대의 변화

    광자대의 대변화로 너희의 지금 모습이 완전히 변하는구나. 새로운 모습의 지구인류가 탄생하는구나. 500살에 시집, 장가가고 1000년이 넘도록 사는구나. 별자리 하나 건너뛰는 세월동안 봉황이 춤을 추는 곳 이곳이 어디인가. 빠진 이빨 다시 나고 백발이 검어지니 이세상이 어디인가.

    -1997.12

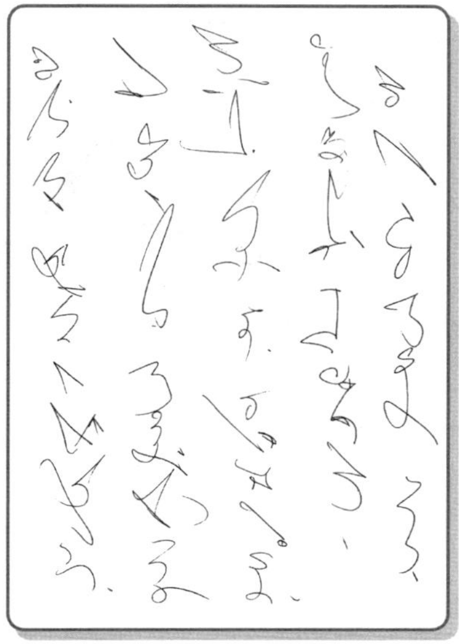
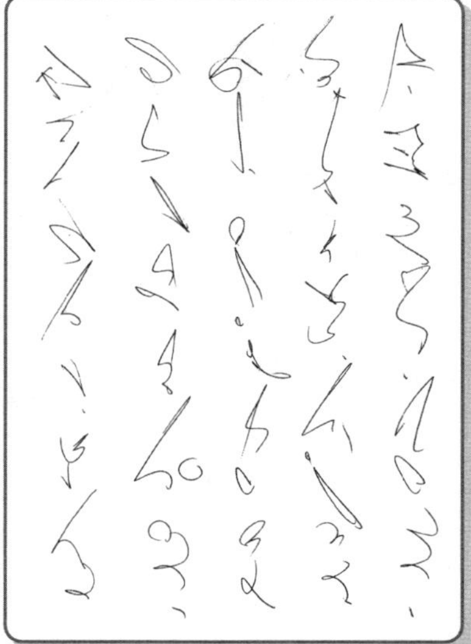

8. 음덕의 중요성

마음 바로 가지고 하늘 부끄럽지 않는 삶을 유지하고 덕을 쌓는데 모든
정성을 다 들여라. 은밀히 베풀고 덕을 쌓으라. −1998.7

9. 위선의 사자들

길거리의 노숙자와 걸인들도 양심을 팔지는 않는다. 배고파 죽어 가는 자도 하늘을 원망하고 욕은 하여도 양심은 사고팔지 않으며 더욱이 하나님, 부처님, 상제님 진리를 상품화하여 진리 장사는 하지 않는다. 수많은 사찰과 교회의 문들은 부서지고 기둥은 뽑혀져버리리라. 잘못 가르치면 잘못을 저지르는 것보다 더 무서운 하늘의 법도가 있음을 알게 되리라. 너희 창고가 위선과 허위, 무지, 재물로 가득 차면 하늘의 창고는 비어가고 신음소리만 가득해지느니라. −1999.11

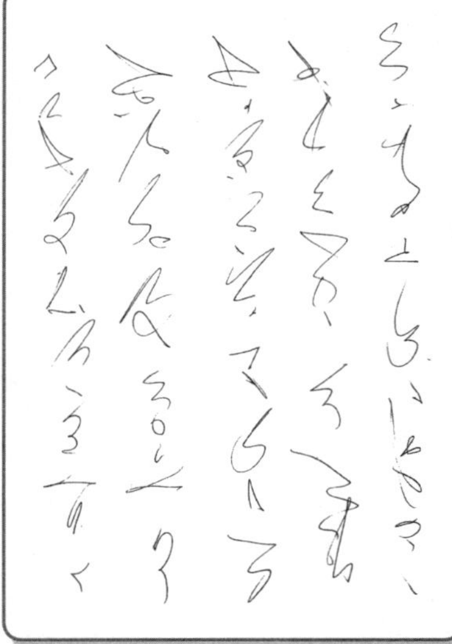

10. 종교의 대통합을 이루어라

  지상의 종교통합이 이루어지리라. 서로 존중하고 상호 보완하면서 손과 손을 마주잡고 가슴과 가슴을 대화하라. 어느 것 하나 완벽한 것이 없느니라. 모든 종교의 교리들이 세월의 흐름 속에 변질해 버렸구나. 그 뿌리는 하나이니라. -2000.12

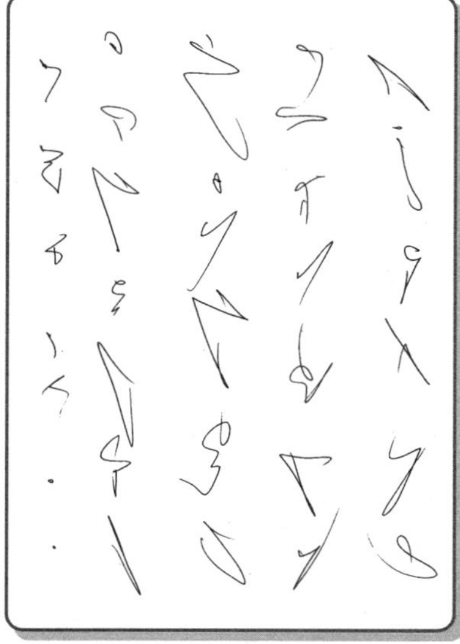

11. 황금빛 덩어리 해인

애석하고 애석하도다, 밀어닥치는 괴 질병 뉘라서 막을 손가. 약도 처방
도 없는 저 하늘의 불덩이를 뉘라서 막을 손가. 땅이 갈라지고 꺼지며 바
다가 육지되고 육지가 바다되며 비명이 온천지에 가득 메울 때 황금빛 덩
어리 막대로 이마를 후려치네. 움! 훔! 훔! 소리 내며 다시 일어나는자 누
구인고. 저기는 어디인가. 빛의 아들딸들이 빛의 존재들을 건져주는구나.
죽어서도 살고 송장도 살아오는구나. 신묘하고 신묘하도다. 신의 손길 그
제사 아는구나. 애지중지 자식손길 잡을 틈도 없구나. 불쌍하고 가련하도
다. 애석하고 안타깝도다. 새 시대의 문턱이 이다지도 참담한가 이다지도
참담한가. 하늘과 땅이 모
두 새롭다. 달도 해도 어제
모습 아니로다. 북두칠성
자리도 완전히 변하였구나.
−1995.2

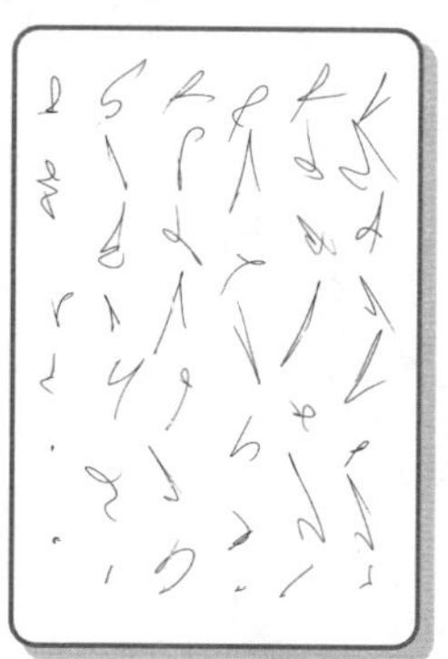
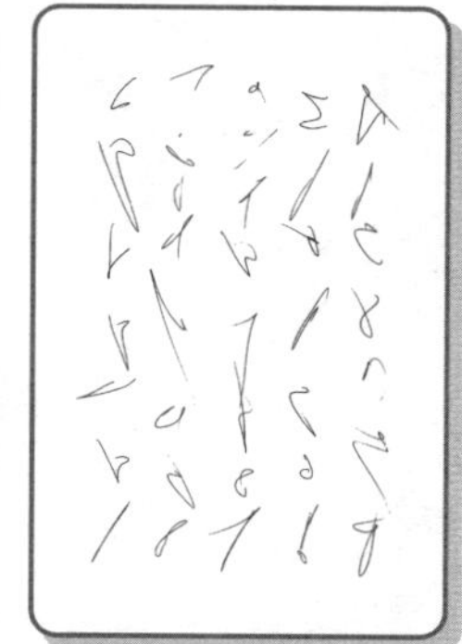
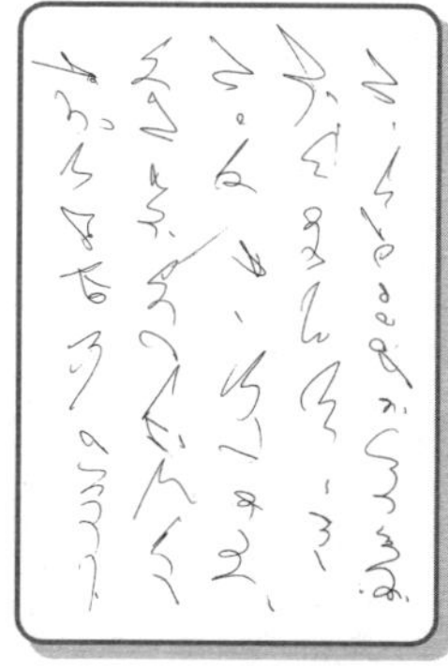
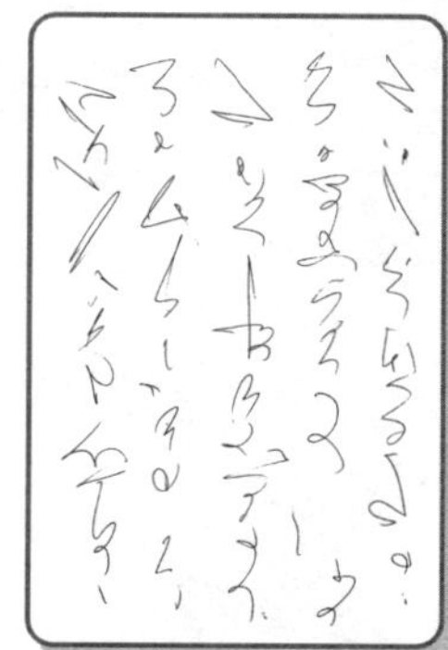

12. 다가올 지상선경

신명과 인간이 한 덩어리 되는구나. 서로 훤히 보이는구나. 선령신도 만나고 신선세계가 여기로구나. 삼계가 모두 훤히 보이는 세상이구나. 어제도, 오늘도, 내일도 숨겨질 곳이 없구나. 향기만 그윽하니 이 아니 천국인가. 여기가 도솔천인가, 극락인가, 천당이라 하리. 꿈속에서도 황금색 감들이 주렁주렁 달렸구나. 녹음 짙은 수풀 속 맑은 물속에는 황금색 고기들이 가득하구나. 좋을시구, 좋을시구, 이 세상이 어디인가. 신선만이 사는 세계, 여기가 어디인가. −1996.9

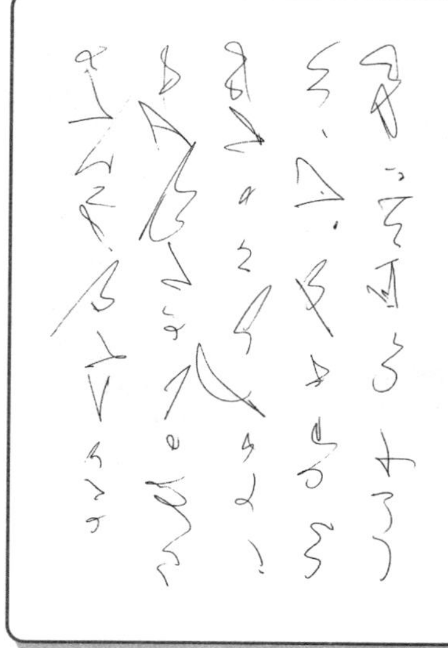

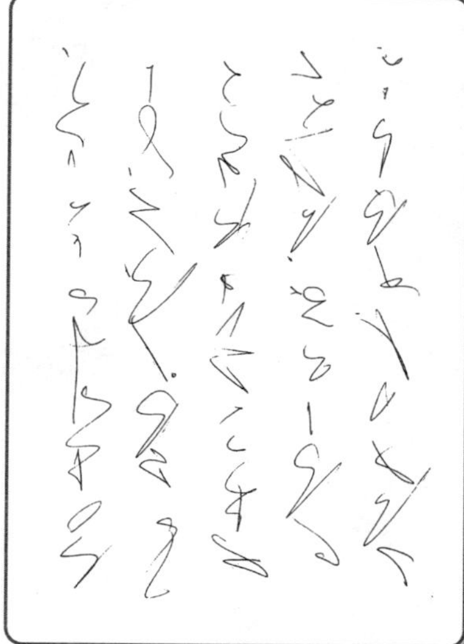

13. 오만과 방자

　굶어 죽고 병들어 치료한번 받지 못하는 지구촌 형제가 얼마나 되는지 안다면 이러지는 못하리라. 무기개발비, 군 장비 증강비, 교회와 사찰 증축비 중 어느 한 가지만 가지고도 굶어 죽는 자는 막을 수 있으리라. 하늘의 불이 머리위에 부어지면 어찌하려느냐. 이정표 수만큼 살아남는구나. 각 민족의 씨 종자만 살아남게 되니……. 참으로 안타까운 일이로다.

　-2000.6

. 3 .

14. 봉황이 자리를 옮기다

38선에 눈이 녹고 따스한 봄 햇볕이 천상천하 모든 민족 얼싸안고 좋을
시고 3000종족 얼싸안고 두둥실 춤을 추니 하늘에는 학이,
　땅에는 봉황이 춘삼월을 희롱하는구나. -1997.10

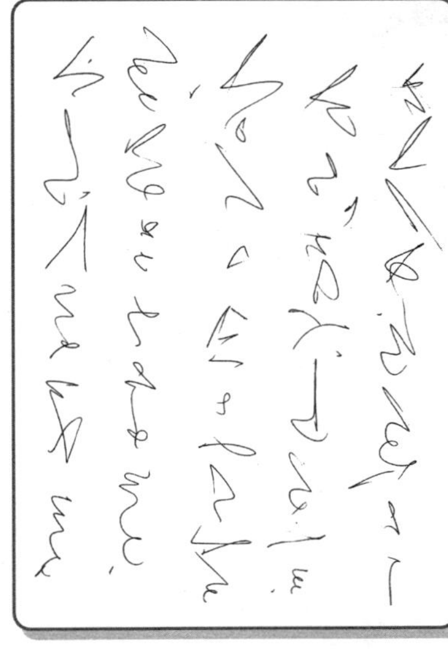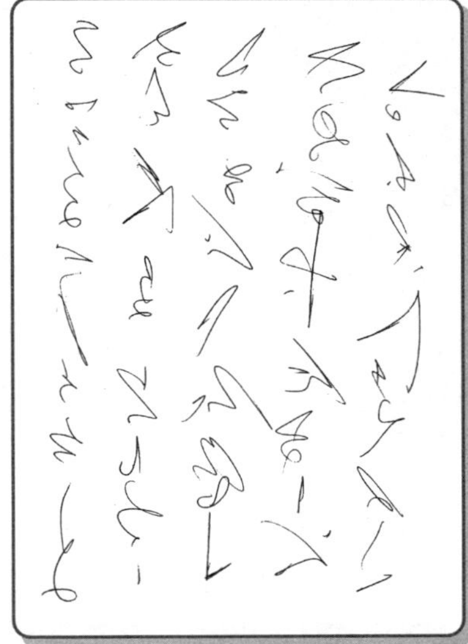

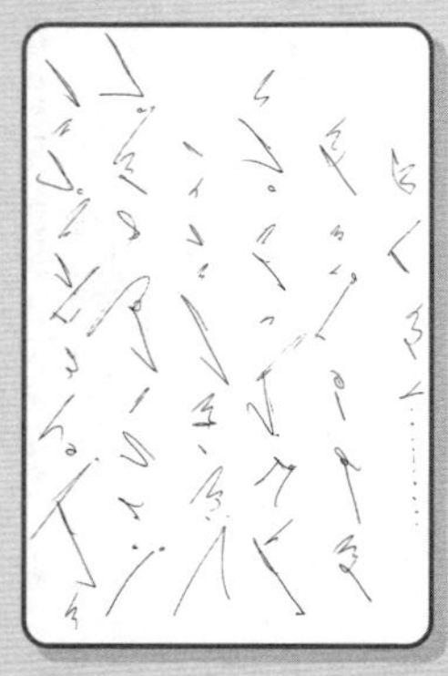

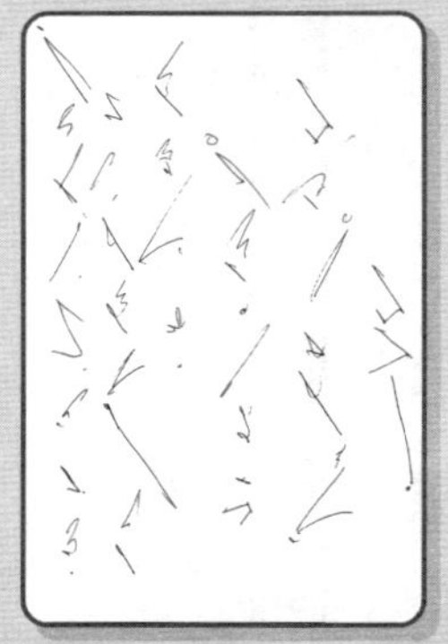

15. 푸른 하늘 은하수

푸른 하늘 은하수 하얀 접시비행기, 푸른 하늘 은하수 권능의 구름, 푸른 하늘 은하수 가득한 신의 숨결, 푸른 하늘 은하수, 항하사 보다 많은 수많은 별들, 푸른 하늘 가로지르는 저 빛의 아들들 은하수 저 하늘 속에 선령님들 자손위해 기도하네. 인류위해 두 손 모으네. 수많은 원혼들 갈길 몰라 헤매고 별들의 공전과 자전소리 움과 훔이로구나. 푸른 하늘 은하수 억년비정의 함성이 가득하구나. 푸른 하늘 은하수 내가 갈 곳이며 내가 다시 태어날 곳. 푸른 하늘 은하수 9천과 33천으로 짜여있구나. 창조주의 의지를 이 우주의 크기를 가늠할 수가 없구나! -1999.9

빛이 일 년간 갈 수 있는 거리를 1광년(빛의 속도:1초에 30만 km)
한 은하단 크기의 평균 거리가 40억 광년으로 밝혀졌으니
우리 인류의 상상력으로는 가늠할 수가……
30만km x60초(1분)x60분(1 시간)x24시간(하루)x365일(일년)x40억= ?????????
오늘의 과학으로 밝혀진 은하계의 수가 대략 1500억 개이고 하나의 은하에 평균
1000억 개 정도의 지구별과 같은 별들이 존재한다 하니……

16. 하늘의 법도

　사계절도 없어지고 혹서 혹한도 없어지는구나. 그전 2-3년 그 참혹한 재앙을 어찌 감당하려고 이러느냐. 사랑하는 나의 아들 딸 들아 먹고살려고 껄떡거리는 모습 보고 있노라면 가련한 마음 뿐이로다. 그러나 어쩔 수 없노라. 하늘의 법도대로 가는구나. -1997.5

17. 시루산 이름으로 다녀가신 하나님

하나님이 직접 오셨구나. 시루산 이름으로 오셨다 가셨구나. 송아지 엄마소 찾는 소리 들리는 구나. 그곳에 구원의 방법이 있는 줄 누가 알소냐. 외면하고 또 외면하는 구나, 참말씀에 귀 기울이는 자 이다지도 적은가. 안타깝고 안타깝도다. 참으로 안타깝도다. -1997.3

18. 지축의 변화

    지구를 둘러싼 대기권에 큰 변화의 흐름이 시작되었습니다. 약 2000년에 한번씩 변화의 매듭이 생기고 풀리는 시간대에 와 있습니다. 이 변화는 우주법칙으로 이루어지는 것입니다. 사계가 뚜렷한 지역이 혹서혹한의 지역으로 시간을 두고 변화해 가는 것과 같습니다. 이 지구 별에도 태양계와 은하계의 위치 변동으로 지축도 변경될 뿐만 아니라 지구별의 모든 생태계에 거대한 기운의 교체기가 되었습니다. 큰 마음으로 우주심의 한복판에서 묵상하시고 기도하세요. -2003.10

19. 성경 속의 권능의 구름

　주님께서 강림하실 때 타고 올 상상의 구름으로 권능의 구름을 이해하고 있지만 실제는 접시 비행기를 말하고 있습니다. 지금도 대부분의 지구인들은 그 수많은 증거물을 남겼는데도 직접 만져보고 보지 못했기 때문에 신뢰하고 있지 않지만 여러분의 상상을 초월해있는 실제적 존재들을 신의 권능과 의지로 풀어서 설명하면 쉽게 긍정하고 받아들입니다. 무엇을 의미하는지 잘 모르면서도 신비의 영역에 관한한 겸손해지는 특성이 지구인에게 있습니다. 권능의 구름을 타고 올 외계문명의 형제들이 항시 지구촌의 대변화를 예상하고 구조와 구원의 손길을 끊임없이 보내고 있음을 알아야 합니다. 지구별에만 지성체가 존재한다면 신은 지구에 함께 거주하시면 될 것입니다. 변화산에서 예수의 희고 눈부시는 모습으로의 변화를 깊이 생각하시고 사색하셔야 여러분들이 영성에 큰 발전이 있게 될 것입니다. 지구별 형제여러분! 수많은, 보다 향상되고 진보된 또 다른 지성체가 존재함을 받아들이시고 보다

겸허한 자세로 우주가족의 일원으로 거듭 태어나세요. 불교의 관세음보살,동자불,지장보살,약사여래불 같은 분들이 그런 분들이라고 봐야하며 여러분이 꼭 이루고야 말겠다는 굳은 신념으로 기도하시면 이루어주는 존재들이죠. 예수의 부활을 믿을 수 있으면 여러분 주위의 참 존재를 만나고 보실 수 있습니다. -1998.12

20. 에녹과 엘리야 그리고 신선

수많은 하늘나라에는 시간과 공간을 자유자재로 돌리며 살아가는 존재로부터 보였다 보이지 않는 존재들, 불로만 존재하는 생명체, 특수한 가스층에만 머무는 존재들처럼 수많은 인격체가 가득합니다. 다만 볼 수 없고 보이지 않을 뿐입니다.지구에서 숱한 동물들과 새들의 대화, 식물들의 말소리를 듣지 못하는 논리로 설명할 수 있습니다. 지구별 여러분들이 종종 보는 공상만화 영화 속의 존재들 역시 거의 유사한 모습으로 엄연히 존재합니다. 인간이 상상하고 공상이 가능한 일체의 모습과 현상은 모두 존재합니다. 만약 없다면 상상되어지지도 공상되어지지도 않을 것입니다. 하기야 하루살이에겐 하루가 그들 우주의 전부입니다. 수도 많이 하고 잘 수련된 자들이 신선이 되는 경우가 있습니다. 실제로 존재합니다. 만약 여러분이 신선이 없다고 생각하시면 신선을 만날 수도, 될 수도 당연히 없어지겠지요. 성경속의 에녹과 엘리야도 같은 존재들이죠.그들의 역할은 순수한 생명체들을 멀리서 때로는 가까이서 항상 도와줍니다. -2001.5

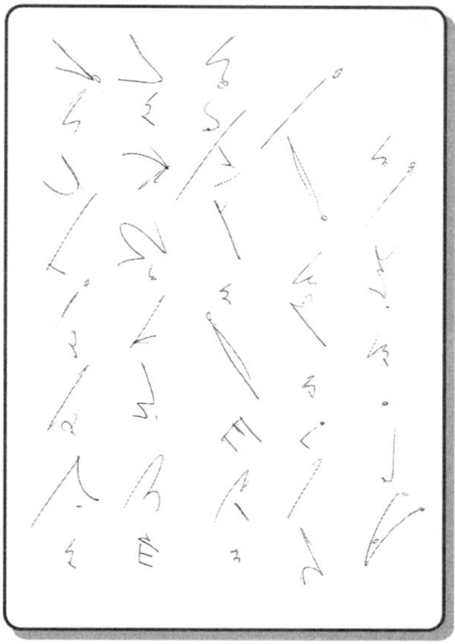

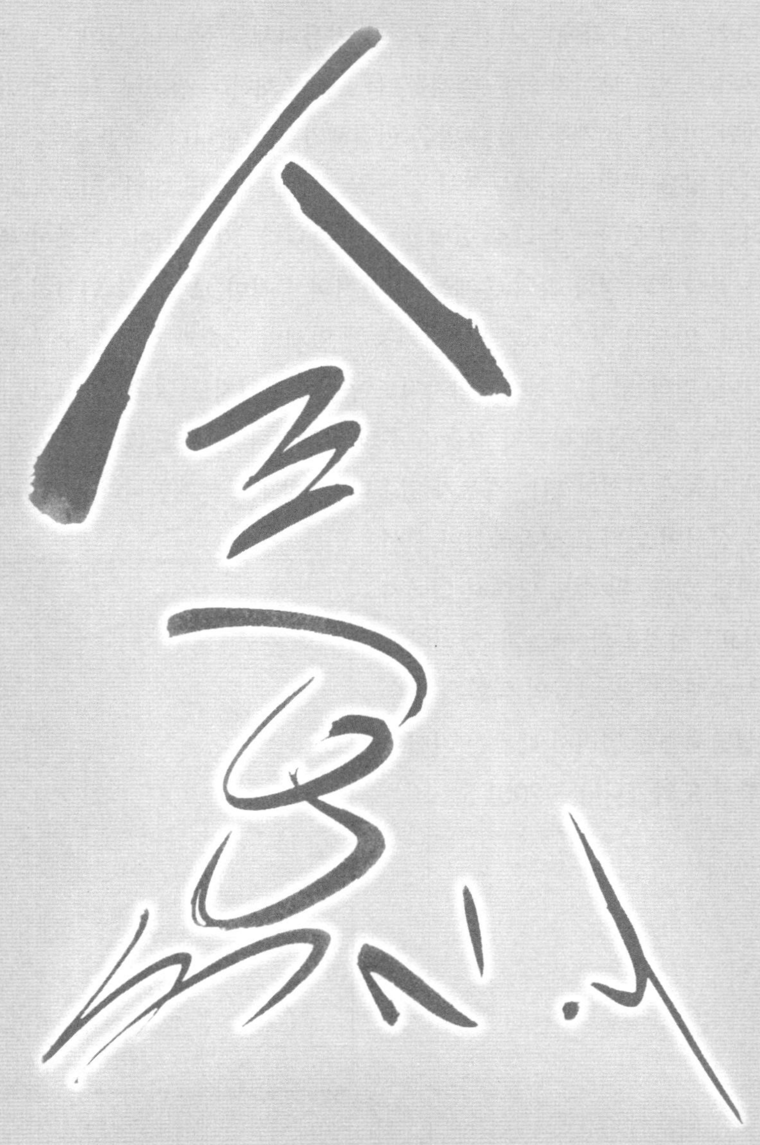

21. 우주의 회전 법칙

우주의 수많은 은하들도 그 속의 숱한 별들도 영원히 존재하지 못합니다. 왜냐하면 끊임없이 운동하고 있기 때문입니다. 각기 운동하며 회전하는 길이 같아 보아지만 큰 테두리 안에서 관찰하면 그 위치를 달리하며 전체가 회전하고 있기 때문입니다. 그런데 시간과 공간의 멈춤과 확산의 원리 때문에 엄청난 압력을 받으며 지나야 할 꼭지점을 만나게 될 때는 그 주위의 숱한 별들은 모체 보호의 본능상 궤도의 수정, 이탈, 폭발 등으로 그 존재의 한계를 강요받게 됩니다. 우주변화의 원리는 그 회전지대의 성격에 의해서 때로는 확대되기도 하지만 확대에 필요한 에너지와 물질을 주는 쪽은 소멸로 봐야 하겠죠. 그러나 우주회전의 측면에서 보면 소멸도 아니요 죽음도 아닙니다. 다만 다른 모습으로 변화해갈 뿐입니다. 지금의 지구도 궤도를 달리 할 시간대에 와있으므로 그 내부의 화산 폭발과 지각의 변동은 필연적입니다. 회전하는 우주의 속성일 뿐입니다. 다른 은하계로 이사 가지 않는 한 반복되는 것입니다. 그 주기가 약 십이삼만 년 정도 됩니다. 선악의 기준으로 이루어지는 것이 아니라 반복하여 찾아오는 우주의 법칙입니다. -1999.3

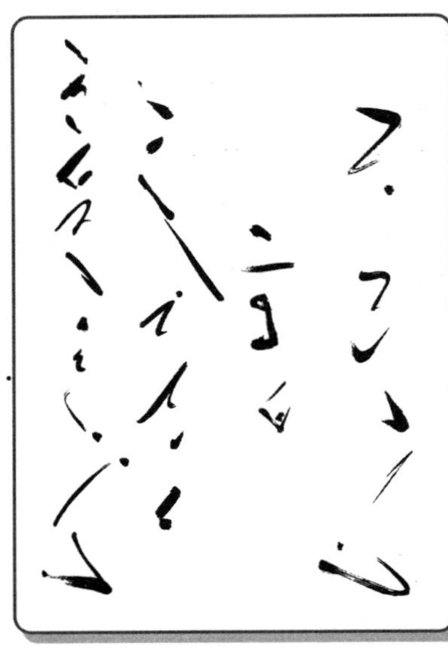 

22. 치도(治度) —신 개념의 시간과 공간

  시간과 공간은 서로 미분과 적분의 함수관계로 치도의 원리로 서로 존재합니다. 치도란 0으로 나눌 수 있는 상관관계를 말하며 0으로 나눈다는 말은 보이지 않는 회전의 중심축으로 공간의 휘어짐이 이루어지는데 회전의 꼭지점에서 시간과 공간이 상호 흡수되기도 하고 확산되기도 하며 흡수될 때는 소멸되듯이 회전의 폭발력을 안으로 응축시키는데 이곳에는 시간과 공간이 함께 그 작용을 멈춘 듯이 보입니다. 반면 확산되는 처음 순간은 빛의 속도보다 약 100배 가량 빠른 속도로 공간과 시간을 확대 재생산합니다. 따라서 멈추어 선 듯 보이는 회전의 꼭지점도 항상 머물러 있는 것이 아니며 폭발하여 확산하려는 성질을 갖고 있습니다. 또 확산되어나간 그 시공이 운동하고 회전하며 다시 꼭지점을 수 없이 만들며 자신들을 보존하게 됩니다. 즉, 시공의 응축과 팽창은 반복되는 우주일체운동의 기본이 됩니다. 생성과 소멸이 반복하여 일어나며 그 자리를 바꾸어가기 때문에 무한히 팽창되어 우주의 공간이 확대되는 것 같지만 시공을 함께 응축시키는 쪽에서 보면 소멸을 동반하는 것입니다. 위치만 다른 곳으로 이동할 뿐이며 과거와 미래의 접합점이 이 원리로 이루어지는 것입니다. 그래서 과거와 미래로의 여행이 가능해지는 것입니다. 지구의 대기권 안에서 여름철에 자주 일어나는 태풍이 해마다 반복해서 일어나는 이치와 똑같습니다 .그 기운과 운동은 조건만 맞으면 언제 어디서든지 발생하는 것입니다. -2003.5

23. 조상님이 그대들의 하늘

부모님과 돌아가신 조상님을 지극정성으로 모시거라. 후손이 조상박대 하면 누가 그들을 보살필까. 하늘의 뜻은 거기서 시작하고 맺느니라. 낳아 주고 길러준 부모님도 제대로 섬기지 못 할 자일진대, 어느 누가 도와줄까. 그리고 형제와 이웃에게 은밀히 베풀고 용서하라. 그런 연후에 하나님도 부처님도 제대로 만나게 되느니라. −1998.7

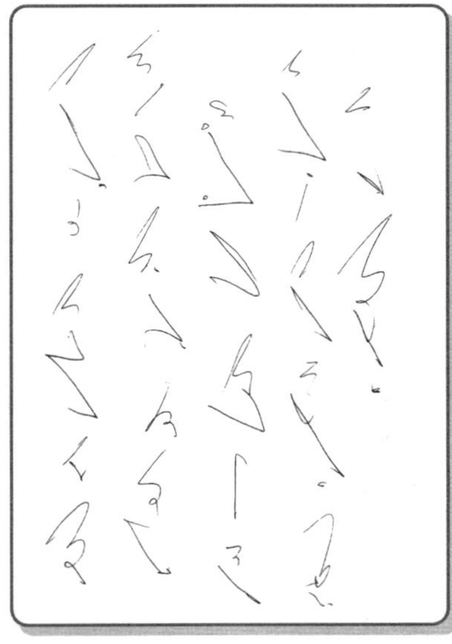

24. 해적들의 후예

  핵무기는 많이 가진 나라일수록 그 폐해는 가혹하리라. 산이 솟고 땅이 꺼질 때 그 재앙을 어찌 감당하겠느냐. 바다가 육지되고 육지가 용암으로 둘로 나눠지기도 하고 가라앉기도 할 때 그 재앙을 어찌 감당할 수 있겠느냐. 자기민족 방어위해 가질려 하는 것 막지 말고 가진 자부터 해체분리 제거하거라. 진실로 진실로 가진 자에게 이르노라. -2003.10

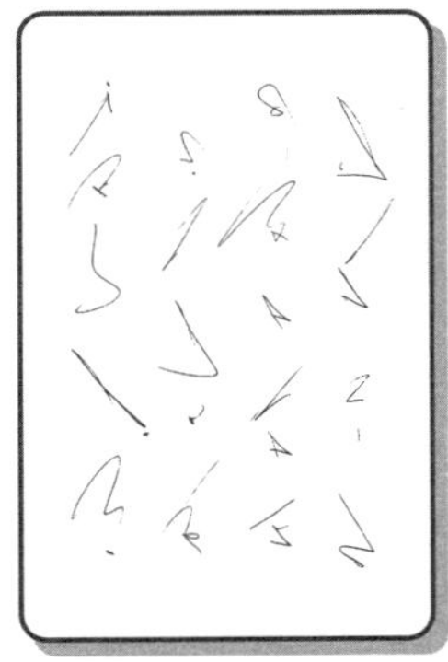 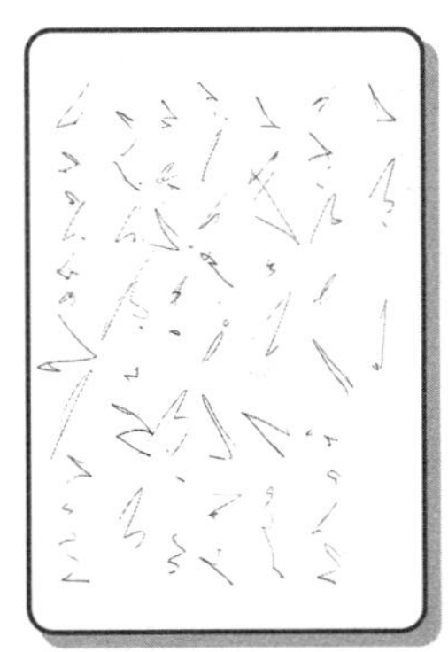 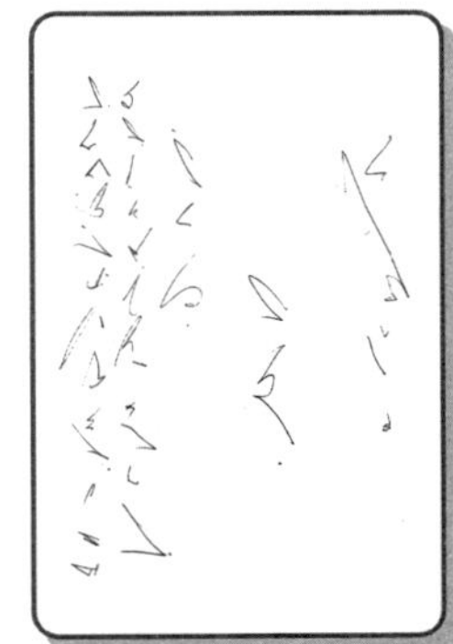

25. 기도의 중요성

수도하고 수련하고 또 하고 또 하거라. 기도하고 기도하며 또 하고 또 하거라. 오는 잠 적게 자고 수도하고 수도하거라. 너의 조상 위해 기도하고 너의 부모형제를 위하여 기도하고 너의 이웃을 위하여 기도하고 너의 종족을 위하여 기도하라. 그리고 너의 자식과 너를 위하여 기도해라. 그리고 난 후 하나님에게 기도하거라. -2002.3

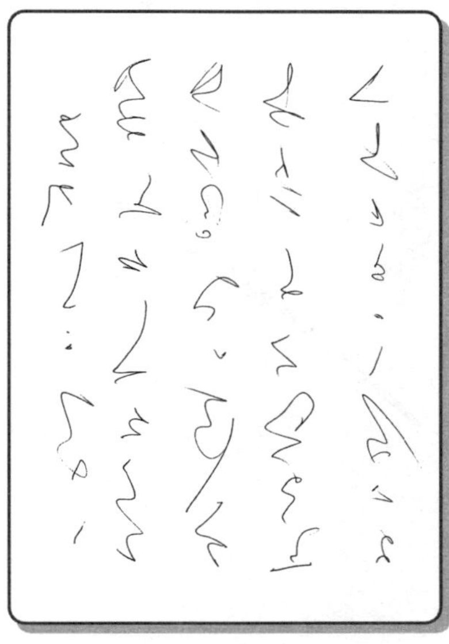

26. 시간의 새로운 개념

시간은 나사의 직각이며 직선의 고리이니라.

 -1996.4

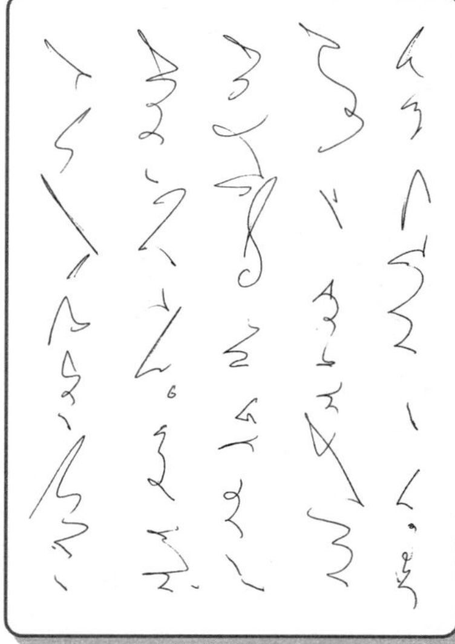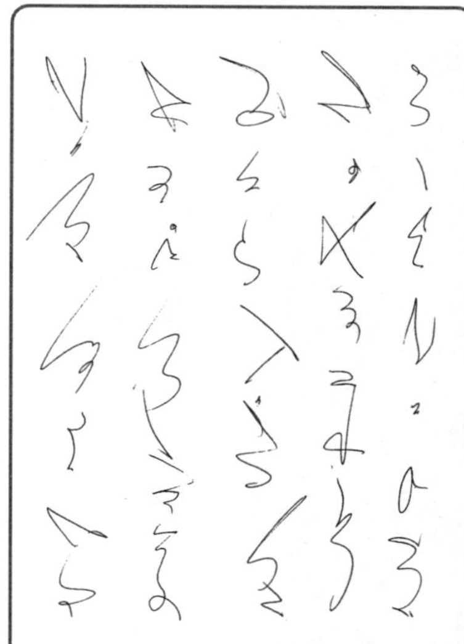

27. 지구별은 인류의 어머니

　사랑하는 아들 딸들아, 사랑하는 지구별 나의 아들 딸들아, 지구가 너희를 낳아주는 어머니의 젖가슴인 줄 모르느냐.
　그렇게 파헤치고, 오염시키면 너의 어머니는 어찌 견뎌낼 수 있겠느냐. 그 많은 산림들을 파괴하고도 온전하기를 바라느냐. 지구별 그 자체가 너희들의 어머니 젖가슴이니라. −1996.5

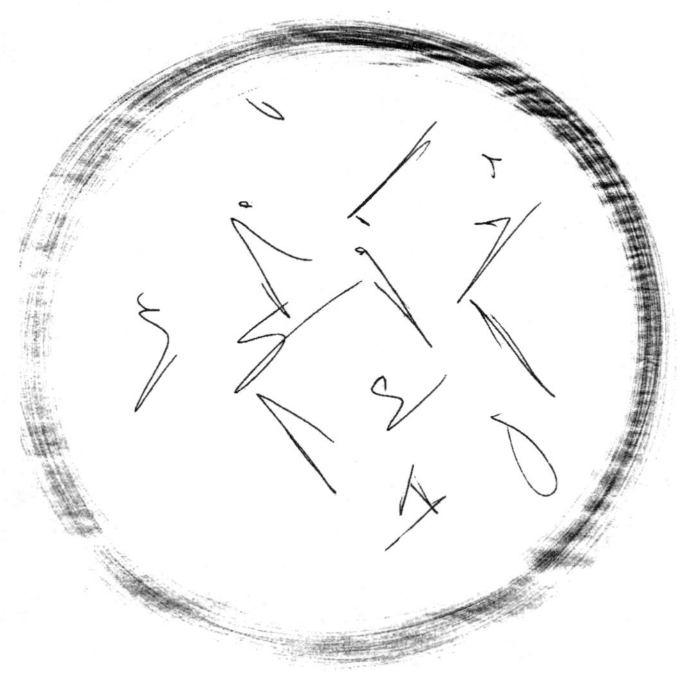

28. 식량의 보고 갯펄

  지구 대재난 중이나 그 엄청난 재난이 끝난 후 너희의 식량의 보고는 갯펄에 있느니라.
  명심하고 또 명심하거라. 살 자는 살아야 하는 것이 하늘의 법도이기 때문이니라. 거기에 다음과 같은 단백질의 구조를 일러주노라. −1997.8

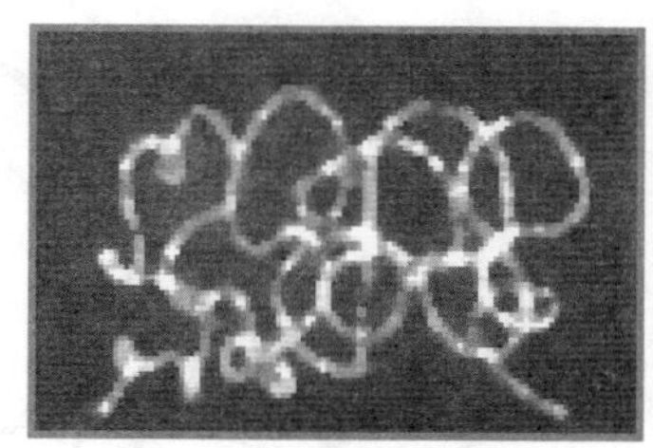

단백질 구조

29. 우주의 율려

　우주의 만물은 음색을 갖게 되는데 소리의 모습들이 물질로 나타난 것이 소립자입니다. 소리보다 가벼운 가변장치를 개발하면 우주여행은 시간을 거꾸로 흐르며 갈 수 있습니다. -1994.12

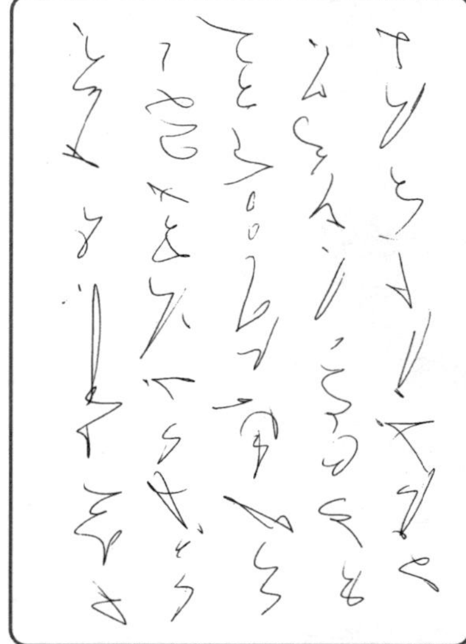
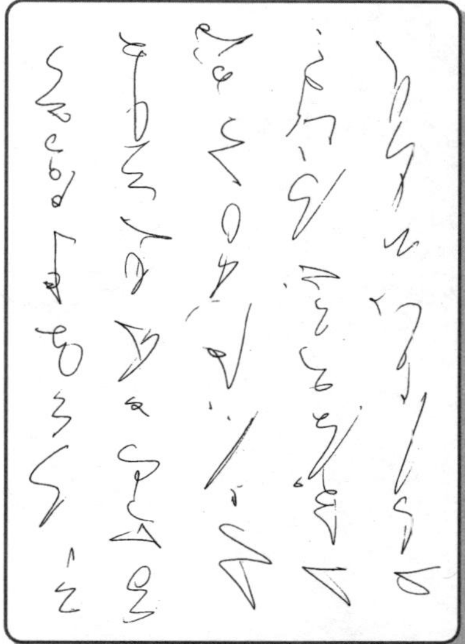

30. 직선과 나선형의 흐름

소리는 만년의 세월로 얻어지는 먼 진동의 파가 엉키면서 생기는 것입니다. 빛은 태초의 입자로서 뭉쳐 활동하면 태양이 되고 흩어지면 생명의 불이 됩니다. 나선형의 흐름은 창조의 힘이 되고 직선형의 흐름은 소멸하는 힘을 갖고 있습니다, 빛의 속도는 마음의 속도보다 훨씬 느리며 인력을 타고 돌면 광채가 생기고 무중력 상태에서는 색상과 광채가 없습니다.

소리의 파와 빛의 파동이 역 작용하면서 한 방향으로 모여 움직이면 우주근본의 흐름과 일치되므로 상상할 수없는 속도를 지니게 됩니다. 우주인은 이 방법으로 이동선을 만들어 머나먼 우주여행을 쉽게 합니다. 이것이 무궁한 변화의 틀입니다. 우주의 가장 기본인 소립자는 수와 소입니다. 소의 운행은 진동이며 진동은 소리를 양산하고 빛의 소와 작용의 원리를 양산하여 조합 원리를 기초로 하면 공간의 기초단위를 쉽게 좁혀 나갈 수 있으며 시간속의 직각과 고리의 타원적 원리와 나사의 굴곡도를 응용하면 새로운 과학의 문이 열립니다.

    -1995.3

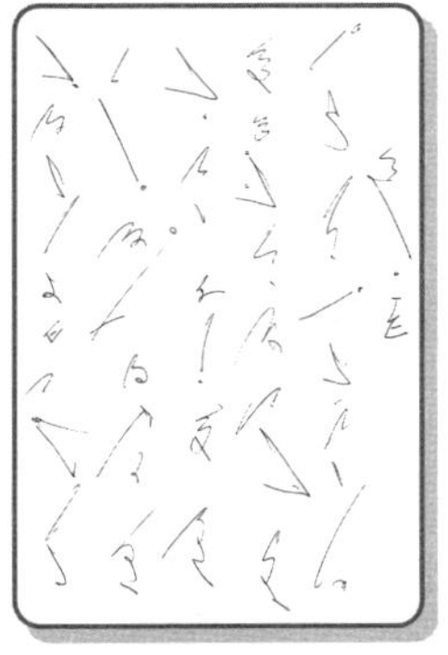
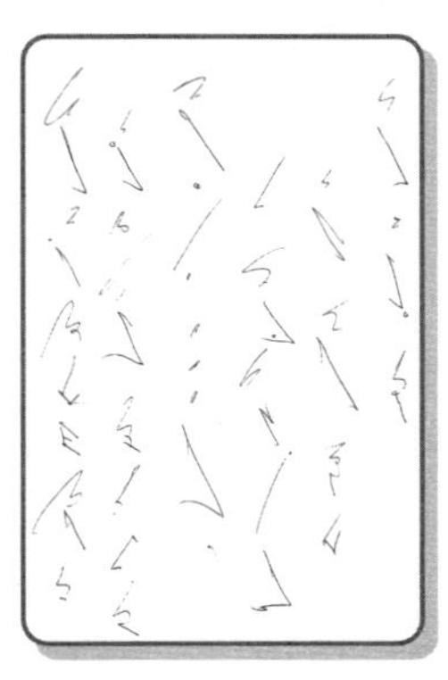

31. 더불어 살아야 할 우리

지구별은 사람만을 위하여 존재하는 것이 아닙니다. 모든 동식물에게
도 존엄성이 보장되어야만 합니다. 지구를 터전으로 살아가는 많은
사람들의 의식 수준은 극단적 이기주의에 젖어 그 잘못을 모릅니다.
인류에게 필요하다면 다른 종들은 파괴되어야만 합니까?

지구인 여러분의 어머니는 누구이며 그 어머니의 어머니는 누구입니까?
바로 지구별임을 모르십니까.

여러분을 낳아주고 길러주신 어머니를 우주심 없이 무자비하게 파손하
여도 괜찮습니까? 지구별은 사람의 입만 채우고 불태우고 오염시켜도 되
는 생명체 지구가 아닙니다. 더불어 살아야 할 수많은 동식물과 산, 바다,
강, 하천을 그렇게 대접하는 못난 형제들입니까? -1995.8

32. 거대한 생명체 지구

지구도 하나의 거대한 생명체입니다. 스스로 거부하고 밀어내는 작용을 끊임없이 하고 있습니다. 이 거대한 생명체 속에서 인간의 부족한 사랑은 마치 인체의 암과 같습니다.

지구인의 역사는 개인, 가족, 종족 ,국가간 이기주의만 최대로 성장 발전 시켜온 역사일 뿐입니다. 사랑의 실천을 목표로 해야 할 종교마저도 그들의 세력 확장에 온 지략과 힘을 소모해 왔을 뿐 무엇을 실천하였습니까. 지구인은 우주 순리에 순응하기보다 저항하는데 익숙해져 있으며, 그러한 지구인의 보편적 정신은 온전한 지구생명의 파괴 기운으로 너무 폭넓고 깊숙히 진행되어 왔습니다. 인간만 생존하기 위하여 지구가 존재하고 있지 않음을 인정하셔야 합니다. 이 우주의 모든 생명체와 광물체마저도 필요없이 태어난 것은 아무 것도 없습니다, 자연 재해는 지구 생명체에 대한 마지막 경고임에도 불구하고 어느 지도자도 반성치 못하고 있습니다.

굶주린 이웃을 사랑으로 실천하지 못하는 인류가 지구 생명체에 대한 애정과 사랑을 실천할 수 있을까요.

시간이 그다지 많이 남아 있지 않습니다. 태풍이 일어나 소멸되는 것도 지구기운의 정화 작용임을 이해하셔야 합니다. -1996.10

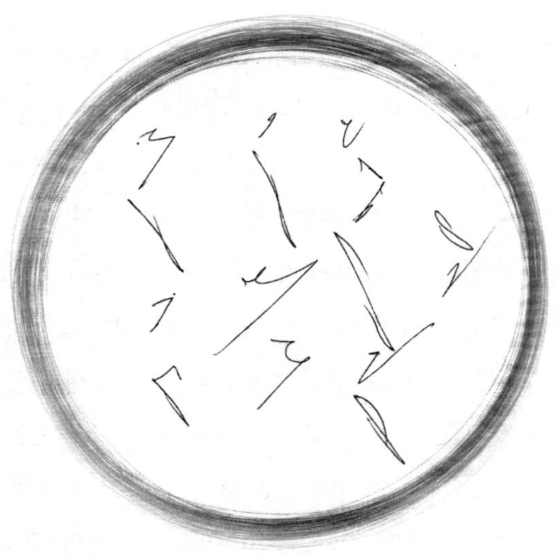

33. 약사불의 강림

아들아, 잘 듣고 받아적어 살림이 어려워 병원 한번 가보지 못하는 이웃
의 병든 자들을 만나거나 형편은 되어도 고생하는 수많은 환자들을 위하
여 유용하게 운용하거라.

약초에 오염이 너무 많이 되어 있구나.

때로는 산천에 널려있는 초목으로 처방할 것이며 때로는 우주불의 기운
으로 너에게 붙여줄 것이니 많은 생명을 살리고 고통으로부터 건강을 찾
아주고 그들에게 행복한 삶을 돌려주는 것으로 너의 업을 삶도록 하거라.
　질병은 같은 것이라 할지라도 사람마다 처방이 다르므로 매 개인마다
각기 받아 내려야 할 것이니라.

지금 일러 주는 것은 모든 자에게 적용되는 것이니 명심하여 많은 이에
게 일러 주도록 하거라.

a. 건강을 지키는 비결은 쉬우나 지키기가 어려울 뿐이니 그대부터 행한 후에
　 전하거라.

음식은 배고프기 전에 먹고, 먹어도 너무 배부르게 먹지 말며, 물도 목
이 마르기 전에 마시고 또한 많이 마시는 것을 피하라.
　하루에 꼭 한 번 지켜야 할 것은 저녁에는 배부르게 먹지 말라.
　그믐달에 술을 마시지 말며, 밤에 불을 켜고 성생활 하지 말라.

b. 이마를 자주 문질러줘라. 그리고 열이 나도록 손을 비벼 아픈 부위에 대면

회복이 빨리 되느니라.

c. 코의 양 옆을 자주 뜨겁게 문질러 주라. 신체의 모든 부위에 기운이 원활하게 되느니라.

d.천둥 번개가 치는 날, 짙은 안개가 낀 날, 눈이나 비가 많이 오거나 더위나 추위가 극심할 때는 성생활을 금하도록 하거라.

e. 오랜 가려움증엔 감씨를 달여 차처럼 마시고, 진물이 날 정도로 심 할 때는 쑥과 밥을 반죽하여 바르도록 하여라.

f. 모든 병에 어떤 처방도 듣지 않을 때에는 이해관계 없는 이웃을 위해 아무도 모르게 착한 일을 하거라. 너의 갸륵한 마음으로 하늘을 감동시켜 낫는 방법이니라. 불 꺼진 남의 촛불을 보고 그대 촛불보다 먼저 불을 붙여 주는 그 사소한 행위가 천심이 아니겠는가.

그리하면 너희는 기적을 만나는데 그 기적 가운데 우뚝하게 솟아있는 것이 하늘의 뜻이니라.

g. 아침에 일어나 이를 상하로 부딪쳐 생기는 침을 삼킨 후에 세수와 양치질를 하면 병이 몸에 근접하지 못하리라.

h. 잘 때는 항상 발을 씻으며 여러 번 문지르고 난 후 잠자리에 들어라.

i. 한해에 한 번씩 배꼽에 침을 뜨거라.

j. 우유 즙에 쌀눈을 넣어 끓인 죽은 노인이나 기운이 없는 자에게 좋으니라.

k. 단전호흡을 열심히 하거라.

호흡의 뿌리는 기이며 일체의 생명은 호흡에서 시작함이기 때문이니라. 내쉬는 호흡은 하늘과 벗이 되고 들이쉰 호흡은 땅과 한울이 되기 때문이니라.

그리고 호흡속의 기는 하루에 천리를 돌며 피의 온몸순환에 활력을 불어 넣어주는 역할을 하기 때문이니라. 기가 멈춘 곳에 피도 멈추고 기가 활발하게 돌면 피도 힘차게 돈다.

바닷물의 썰물과 밀물은 지구의 호흡이요. 인체의 날숨 들숨은 생명의 이음이니라.

천천히 할 수 있는 만큼 생명 줄은 길어지는 것이니라.

단전은 정, 기, 신을 저장하는 창고이며, 단전은 상단전, 중단전 ,하단전 셋으로 각기 역할이 다른데 다음과 같다.

상단전은 기를 저장 숙성 시키며, 중단전은 신을 저장하고 활동을 도우며, 하단전은 정을 보전하고 활성화시켜준다.

이처럼 천지의 기운과 혼, 백 또한 원활히 순환하고 쉬지 않고 돌고 흘러 해와 달의 움직임에 따라 움직이니라.

따라서 천, 지, 인이 함께 모두 한 몸체가 되어 돌고 돌며 순환하는데 어찌 좋지 않으리요.

제 몸을 잘 다스림은 천지조화에 마땅한 의무이니 명심하여 실행토록 하거라. -1994.5

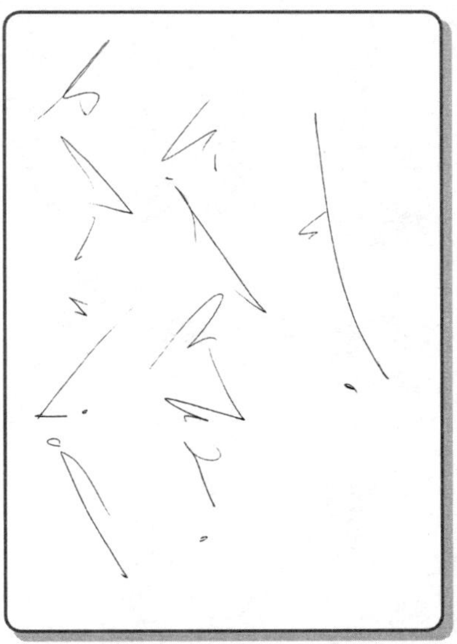

34. 만물의 윤회법칙

　사람이 죽는다는 것은 혼은 하늘로, 백은 땅으로 떨어져 스며들며 물과 불로 나뉘어 흩어지느니라. 밥을 지을 때 김은 하늘로 올라가고 밥은 솥에 남음과 같으며 나무로 비유하면 불로 나무를 태우면 연기와 나무의 기질은 위로 올라가고 재는 아래에 남는 것과 같으니라. 그 재는 또 다른 초목을 키우는 거름이 되며 위로 올라간 기운은 다른 생명체에 스며들어 그 본래의 위상을 유지하는 것이다.

　김과 연기가 되어 올라간 그 기운이, 때로는 나무의 뿌리로, 강물로, 바닷물로, 시냇물로, 혹은 우물로, 때로는 시궁창으로 닿는 대로 그 자리에서 원래의 원기를 싹틔워 가는 이치이니라. 이것을 불교적 용어로 윤회라 하느니라. −2000.10

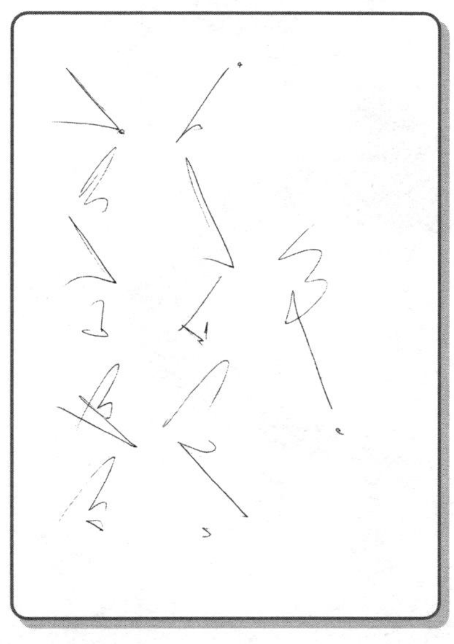

35. 생, 장, 수, 장은 우주의 영원한 굴렁쇠

만물이 소생하며 새 숨을 들이쉬며 천지가 싱싱해지는 봄에는 남에게 베풀고 베풀어 덕을 쌓고, 천지의 기운이 팔방으로 두루 퍼져 서로 교환, 확대를 활발히 하며 꽃피고 열매 맺는 여름에는 화를 꾹 누르고 상대의 번창함을 축복하며 님을 기다리는 마음으로 그리움을 키우면서 가을의 열매가 보장되도록 하며 모든 생명체가 영글어 꽉 차 기운이 더 확대될 수 없을 계절인 가을에는 하늘의 기운은 급하여지고, 땅의 기운은 맑고 투명하여지므로 마음을 안정시켜 들뜨는 기운을 차분히 가라 앉혀야 하느니라.

모든 것을 정리 정돈하여 새로운 씨종자의 수확을 천심으로 하늘에 기도하여야 하고, 물은 얼고 만물이 말라 수기가 떨어지는 겨울에는 마음속에 무엇인가를 밖으로 드러내지 말고 귀한 것을 얻은 것과 같이 기뻐하며 감추어진 씨들을 잘 보존하여야 한다. 이렇게 봄, 여름, 가을, 겨울을 잘 보내는 습관을 들이면 자연이 제 몸과 한 덩어리가 되어 기쁨의 빛줄기가 온 몸으로부터 뻗혀 우주가득한 원초적 기운과 만나게 될 것이니 옛 사람들은 이를 두고 도를 얻었다 했느니라.

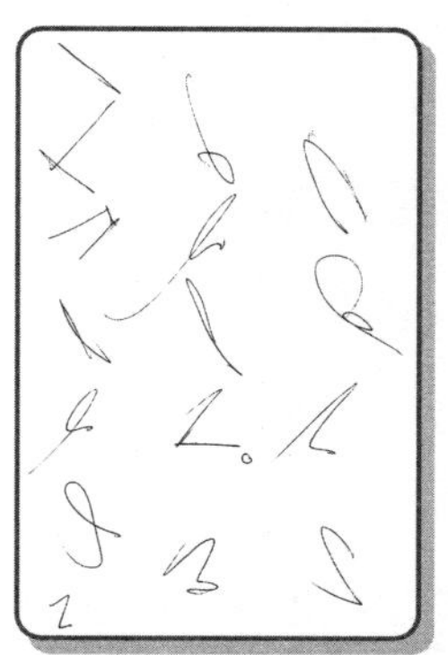

생, 장, 수, 장은 한 개의 둥근 원으로, 시작하는 부분도 끝나는 부분도 없이 영원한 우주의 굴렁쇠일 뿐이니라. 그 속에 그대의 삶이 같이 돌고 있음을 깊이 인식하고 생활 속에 자리 잡도록 해라.

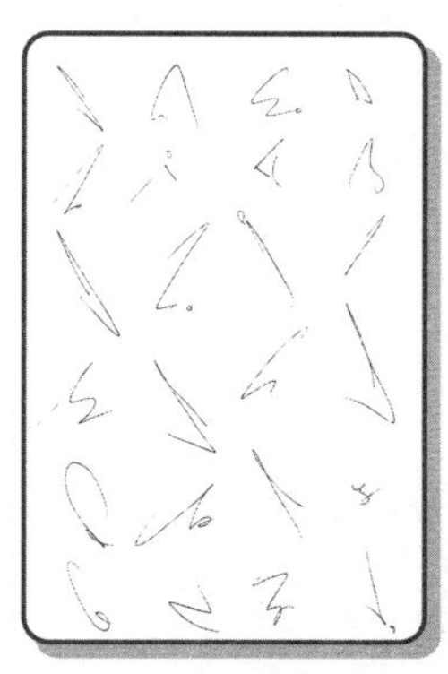

−2001.3

제2부

하늘로 보낸 편지
(하늘에 있는 아들에게)

꿈속에서라도 너를 다시 만나보고 싶구나.

빛으로 있으니 쉽지 않겠지.

너의 음성이 바람소리로도 들리고 너의 모습이 달빛 속에도 있고,

너의 웃음이 꽃잎에 퍼져 있음을 안다.

때로는 구름이 되어 아빠와 함께 있으며

비가 되어 너의 눈물이 흘러내림도 알 것 같다.

오늘밤 한번 만났으면 좋겠다.

꿈속에서라도.

편지.2
울고 싶은 밤

먼저간 아들에게. 좋아하는 詩 한 수 보낸다.
상진아! 제목은 별, 지은이는 〈공재동〉이다.

즐거운 날 밤에 한 개도 없더니 한 개도 없더니
마음 슬픈 밤에는 하늘가득 별이다.

수만 개일까 수십만 개일까.
울고 싶은 밤에 가슴에도 별이다.

상진아!
네가 훌쩍 떠나버린 그날 아버진 중국 출장 중에 있었다.
같이 간 사람들과 저녁을 잘 먹고 나오는데 그날따라 달이 무척이나 고고하게 보이고 달빛 또한 유난히도 밝아 아버진 호기를 부리며 같이 간 사람들에게 이렇게 말했다.
장사꾼은 팔 물건이 없으면 저 달빛이라도 베어서 팔 수 있어야 한다고.
그러면서 숙사로 돌아 왔는데 전화가 왔다.
부산에 계시는 이모로 부터다.
전화할 까닭이 없는 처형으로부터의 전화는 너무나 뜻밖이었고 그날 오후 5시 30분경에 발생한 너에 대한 소식을 접하게 되었다.
그 순간부터 너의 시신을 확인한 그날까지 아무 것도 생각나지 않는다.
무엇이 잘못되도 크게 잘못된 것은 틀림없는데 나의 일처럼 받아들이기는 어려웠다.

그러나 확인 후 나의 현실로 다가 왔고 너를 화장한 후 며칠간도 난 도대체 꿈을 꾸고 있다고 위안했다.

다만 너의 엄마 우는 것을 보고 있으면 현실인 것 같았다.

나의 지난 모든 과오들이 업보로 돌아옴을 깨닫게 되기까진 많은 시간이 필요했다.

자식이 부모의 주검 앞에 흐느끼는 것은 보아도 부모가 자식의 주검을 앞에 두고 흐느낄 수도 있음을 현실로 받아 들여야 했다.

너의 동생 경진이도 너의 엄마도 그리고 나도 우린 모두 벙어리가 되었다.

참람하다고 했던가.

49제를 지내고 난 후 우린 중국으로 이사 왔다.

난방시설이 없는 상해의 2월은 참으로 지내기가 어렵더라.

온돌 속에 살다가 대리석 깔린 마루 바닥에서 실내화를 신고 다니면서 우리 남은 세 식구는 아무 말도 할 수 없었다.

다만 가슴속에 무슨 이런 일이 나에게, 그리고 무엇이 어디가 잘못되었는지 도저히 분간이 안가는 그런 세월 속이었다.

그땐 이웃도 세상도 아무것도 보이지도 않고 들리지도 않고 다만 황량한 벌판에 우리 세 식구 내 몰려 있었다.

그러나 아버진 결심했다.

잃어버린 것은 잊어버리고 남은 자식과 너희 엄마를 위해서 정신 차려야 겠다고.

우리보다 더 참담한 곡절을 겪은 가정들도 있음을 알게 되었다.

그리고 지나간 이 아버지의 살아온 과정을 소상히 떠올리며 후회하며 회개하는 마음가짐으로 생활의 기본으로 삼고 살아가기로 결심했다.

아버지가 자식을 교육하는 것이 아니고 자식이 아버지를 교육 시키고 있음을 알게 되었다.

또한 생각게 하는 것은 빛의 형제들이 전해주는 중요 메시지를 내 팽개 치고 아버지 마음대로 해석하여 서랍 속에 잠재운 것에 대한 강력한 추궁 임도 알게 되었고.

그런데 더욱 중요한 것은 이 세상에 닥치는 불행의 이면에는 분명 하늘 의 숨은 뜻이 있음도 알게 되었다.

그리고 삼계가 한 울타리라는 것을 깨닫게 되었다.

빛의 형제들이 나에게 보내준 메시지를 꼼꼼히 읽어보니 이제야 나의 역할도 알게 되었고.

이승의 사람들이 저승의 존재들에게, 저승의 영적 존재가 이승의 사람 들에게 서로 깊은 연관 관계를 갖고 살아가고 있음도 보게 되었다.

아버진 그렇게 변하여 가는데 너의 엄마는 그렇지 못하다.

그러나 네가 꿈속에 나타나 여러 가지 들려준 이야기로 엄마도 이젠 한 울타리임을 아시는 것 같다.

이것 설명하고 이해시키는데 3년이라는 세월이 훌쩍 지났구나.

아버진 안다. 네가 가끔 와서 너에게 쓴 일기를, 편지를 읽고 있다는 것 을 .

그리고 문장이 서툴면 네가 다듬어 준다는 것도…….

내가 기도하고 있을 때도 옆에 같이 있다는 것을 이젠 확연히 알고 있 다.

우린 그렇게 살아가고 있음도 아버진 이젠 알게 되었다.

아니 모든 신명과 자손이 그렇게 한울타리 안에서 서로 작용하고 살아 가고 있음을 이제 알게 되었다.

그리고 수천 년 전의 여러 성현들의 정신도 그들의 혼이 살아 우리 주위 에 같이 실재하며 때로는 우리의 마음속으로 파고들어 임재하고 계심을 알게 되었다.

아버진 앞으로 할일이 명백해 졌다.

이 보이지 않는 영적세계를 보다 많은 사람들이 알게 해주어야 하는 일
종의 사명감이다.

그래서 빛의 형제들이 보내주는 편지도 이해하게 되었다.

그 분들이 보내주신 내용이 진실된 것임을 이제야 알게 되었다.

어느 민족시인의 시가 생각나는구나.

아버진 이 시를 외우며 자러 가야겠다. 너도 잘 자고.

지은이는 이상화(1901-1943)

제목은 ; 빼앗긴 들에도 봄은 오는가.

지금은 남의 땅!

빼앗긴 들에도 봄은 오는가?

나는 온 몸에 햇살을 받고,

푸른 하늘 푸른 들이 맞붙은 곳으로,

가르마 같은 논길을 따라 꿈속을 가듯 걸어만 간다.

입술을 다문 하늘아 들아,

내 맘에는 내 혼자 온 것 같지를 않구나!

네가 끌었느냐, 누가 부르더냐, 답답워라 말을 해다오.

바람은 내 귀에 속삭이며,

한 자욱도 섰지 마라, 옷자락을 흔들고

종다리는 울타리 넘어 아씨같이 구름 뒤에서 반갑다 웃네.

고맙게 잘 자란 보리밭아,
긴밤 자정이 넘어 내리던 고운 비로
너는 삼단 같은 머리를 감았구나. 내 머리 조차 가뿐하다.

혼자라도 가쁘게나 가자.
마른 논을 안고 도는 착한 도랑이
젖먹이 달래는 노래를 하고, 제 혼자 어깨춤만 추고 가네.

나비 제비야 깝치지 마라,
맨드라미 들마꽃에도 인사를 해야지.
아주까리 기름을 바른 이가 지심 매던 그 들이라 다 보고 싶다.

내 손에 호미를 쥐어다오.
살찐 젖가슴과 같은 부드러운 이 흙을
발목이 시리도록 밟아도 보고, 좋은 땀조차 흘리고 싶다.

강가에 나온 아이와 같이,
짬도 모르고 끝도 없이 닫는 내 혼아
무엇을 찾느냐, 어디로 가느냐, 우스웁다, 답을 하려무나.

나는 온몸에 풋내를 띄고
푸른 웃음, 푸른 설움이 어루러진 사이로
다리를 절며 하루를 걷는다. 아마도 봄 신령이 지폈나 보다.
그러나 지금은- 들을 빼앗겨 봄조차 빼앗기겠네.

빛의 속도가 1초에 지구를 일곱 바퀴 반의 거리를 간다는데
지구의 적도 둘레가 4만km이니 총 30만km/초로 달리는 존재다.
지구에서 달까지의 거리와 같다.
그 빛이 너의 존재이니, 엄청 먼 곳에도 가 있을 수 있겠구나.
가르쳐 주면 좋겠다. 네가 지금 머물고 있는 자리가 어딘지.
빛도 때로는 휴식이 필요하여 쉬는 자리도 있다는데
이곳에는 머물 곳이 못되는가보다.
저 하늘의 별빛도 내 눈에는 너의 웃음, 너의 슬픔, 너의 추억, 너의 실존 같구나.
머물러 쉴 자리가 필요하면 너희 엄마가 자는 침상에 잠깐 머물다 가려무나.

편지.4
아버지 학교 – 주님 제가 아버지입니다

장남 !

오늘은 지난주 아버지 학교를 졸업 하면서 메모해 두었던 것을 너에게 몇 자 적어보낸다.

아버지 학교는 1995년도에 두란노서원이란 이름으로 출발하여 2004년 현재 이름을 두란노아버지 학교로 개칭하여 국내 뿐만 아니라 국외의 여러 나라 여러 지역에서 전개되고 있는 일종의 범 사회적 심성회복 운동본부의 이름이다.

좀더 구체적으로 말해주면 가정에서의 아버지는 자녀들에게 정신적, 물질적 원천이며 자녀의 나아갈 바를 바르게 보여주어야 할 푯대이며 아버지를 생각할 때마다 자녀의 마음이 자랑스럽도록 그리고 뿌듯하도록 그 역할을 다하여야 하며 아버지의 올바른 신앙의 실천적 삶을 통해서 자녀의 미래를 밝게 비추는 등대지기로서의 그 소임을 다 할 수 있어야 한다는 것이다.

가정이 바로 서야 교회가 바로 서고, 교회가 바로 서야 사회가 바로 서며, 사회가 바로 서야 국가가 바로 서며, 국가가 바로 서야 인류가 바로 선다는 목표를 실현 시키고져 하는 영성회복 운동이다.

아버진 이 학교를 다녀오면서 스스로 되뇌인 것이 있다.

소 잃고 외양간 고치는 형국이라는 것을 가슴 저미며 느끼게 하는 시간이었다. 그러나 한 가지 남은 소라도 바로 보살펴야 하겠다는 일종의 결심 말이다.

아버진 이 교육에 참가하여 2번이나 뜨거운 눈물을 흘렸다.

이때까지 잘못 살아온 참회의 눈물이고, 또 하나는 아쉬움의 눈물이었다.

너와 나 사이에 우린 별로 갈등이 없었다고 생각해 보지만 너 훌쩍 가버리고 나니 평소에 너희 형제에 대하여 소홀했던 모든 것들이 주마등처럼 뇌리를 스치는구나. 그러나 아버진 너의 동생 경진이와 엄마를 위하여 그리고 이 사회의 일원으로서 어떤 마음가짐과 몸가짐으로 살아야 하는가를 되새기고 결심하게 하는 소중한 아버지 학교였다.

이 운동의 시작은 교회단체가 시작하였지만 이 학교에 입학하는 학생은 종교를 초월하고, 교단을 초월하고, 교파를 초월하고 믿는 자, 믿지 않는 자, 가진 자와 없는 자, 배운 자 못 배운 자의 구별없이 참가하여 서로의 가슴 속에 남에게 말못할 각자의 사연들을 쏟아내며 40대, 50대, 60대 아버지들이 울먹이는 장면을 대하고 있으려니 정말 눈물이 나서 주체하기 힘들었다.

80년도 초 남·북 이산가족들의 상봉을 T.V에서 방영해줄 때 몇 날 며칠이고 그 프로만 보면 눈물이 나와서 견딜 수가 없더니 이 아버지 학교가 아버지를 울게 하였다.

주위에 같이 어울려 살아가는 우리들 속에 평화스럽게만 보이는 이 많은 형제들의 가정 속에, 그 가정 속의 부자지간에 그토록 두꺼운 앙금을 안고 살고 있었는지, 그 앙금으로 생긴 가시덤불을 등에 짊어지고 살아가는지를 몰랐다. 그런데 더욱 가슴 저미게 하는 것은 그 앙금을, 그 가시덤불을 풀 필요가, 내려놓을 필요가 없다며 버티고 항변하다가 끝내는 울어버린 백발 성성한 60대의 아들이 돌아가신 아버지를 향하여 '아버지! 용서하세요! 외치며 절규하며 몸부림치는 그 모습 속에서 교육장의 학생들의 가슴 속으로 파도치며 밀려오는 그 형언할 수 없는 음성을 듣게 되었다.

그것은 하나님의 음성이었다.

그래도 우리 가정의 부자지간은 그 오해가 보잘것 없는 것이었구나를 느끼게하는 그 깨우침의 음성을 우리 모두 들을 수 있었다.

우리는 모두 울었고, 감동과 회오의 눈물 바다였다.

아! 세상살며 제일 무서운 것이 아집이었구나를, 아! 세상살며 제일 두려운 것이 자신의 마음에 빗장을 치고 자기 기준으로만 계산기를 두드리는 것임을, 아! 세상살며 제일 가치없는 것이 아들에 대하여, 아버지에 대하여, 아내에 대하여, 타인에 대하여 입장을 고려하고 배려하지 않는 것임을, 아! 세상에서 제일 소중한 사랑의 표현에 우리는 너무 서툴었다는 것을, 우리는 사랑을 표현하는 기술이 부족하다는 것을, 우리의 진심을 전달하는 그 방법에 익숙치 못한 우리들의 자화상을 보았다. 그리고 알았다.

자식을 사랑하지 않는 부모가 이세상에 어디 있겠느냐. 그런데 우리는 너무나 서로 주고받는 기술을 익히지 못했음을 이 아버진 이제사 알겠다.

상진아! 아버지가 보기에 아버지 학교는 영원 불멸의 하나님 작품이다.

그분은 우리 모두에게 사랑의 표현 방법을 우리들의 영성속에 심어주시는 학교를 세우셨다. 그분은 이렇게 우리를 보살피며 돌보고 계신다.

형제의 눈 속에 티를 보기 전에 내 눈의 티를 먼저 보도록 가르치신다.

그분은 나에게 제를 올리기 전에 형제에게 잘못이 있으면 먼저 화해하고 그리고 난 후 제사를 올리도록 가르치고 계신다.

사랑의 전달기술을 가르치는 아버지 학교, 모든 종교와 종파를 초월하게 하는 아버지 학교, 우리의 잠자는 영성을 일깨워주는 아버지 학교, 반성과 참회를 가져다주는 아버지 학교, 이 시대 우리의 올 바른 길잡이 아버지 학교, 아버지 학교가 필요치 않는 그때를 기다리며, 아버지 학교가 폐교 되는 그날을 기다리며. 모든 교회와 모든 사찰이 모든 지상의 사원들이 문을 닫고 폐쇄되는 그날을 기다리며……. 그 날이 올려면 우리 모두 하나님이 보시기에 참으로 아름답고 고귀한 아들딸이 되어있는 우리들의 자화상을 보게 되었을 때가 와야 폐문이 될 것이기에.

장남 이밤 잘자고 다시 한 번 더 만나 행복하게 살아 보자.

오늘은(2004년 4월 11일) 예수님의 부활을 기념하는 부활절이다. 기독교에서는 가장 큰 행사 중 하나다.

상진아! 아버지가 오늘부터는 너에 대한 아쉬움과 그리운 마음으로만 있지 않고 이승에서 못 다한 너에 대한 교육을 시켜야겠다고 결심했다. 같이 있을 때 못 다하고 소홀했던 것들을 모아서.

비록 너는 이승이 아닌 저승으로 가버렸지만 삼계가 모두 한 덩어리로 순환하며 오고감을 이 아버지는 잘 알고 있기 때문에 지상의 내가 하늘나라의 너에게 하는 교육도 가능하다는 것을 믿기 때문이다. 이렇게 하는 것이 너를 나와 너의 어머니 가슴속에 부활시켜놓는 방법임을 확신하고 있다. 그리고 너 동생 경진이에게도 옆에 같이 있다는 것을 알게 하는 것이기도하고. 경진이 지갑 속에 너 4살 때 같이 찍은 사진 가지고 다니더라. 세
발 자전거 타고 있는 모습인데 너는 앞자리에 경진이는 뒷자리에 서 있는 것이다. 기억 안 나지.

오늘은 성경 말씀 중에 실천하기 어렵지만 나의 주위의 사람들 중에 꼭 행동으로 실천하는 자를 보고 싶어서 너에게 그 소원을 적어 보낸다.

그리고 나 자신의 채찍으로도 삼을 겸 해서다.

1. 복음전도를 위한 자세에 대한 말씀

너희 빛을 사람에게 비춰게 하여 저희로 너의 착한 행실을 보고 하늘에 계신 너희 아버지께 영광을 돌리게 하라. (마태복음 5장 16절)

2. 형제와 이웃에 대한 관계를 중요시한 말씀

나는 너희에게 이르노니 형제에게 노하는 자마다 심판을 받게 되고 형제에라가라(욕설) 하는 자는 공회에 잡히게 되고 미련한 놈이라 하는 자는 지옥불에 들어가게 되리라.

그러므로 예물을 제단에 드리다가 거기서 네 형제에게 원망을 들을만한 일이 있는 줄 생각 나거든 예물을 제단 앞에 두고 먼저 가서 형제와 화목하고 후에 와서 예물을 드리라. (마태복음 5장 22-24)

3. 간음에 대한 철저한 경계의 말씀

여자를 보고 음욕을 품는 자마다 마음에 이미 간음 하였느니라. 만일 네 오른 눈이 너로 실족케 하거든 빼어 내 버리라 네 백체중 하나가 없어지고 온몸이 지옥에 던지우지 않는 것이 유익 하리라. (마태복음5장 28-30)

4. 남을 도울 때 가져야 할 마음가짐

사람에게 보이려고 그들 앞에서 너희 의를 행치 않도록 주의하라. 그렇지 아니하면 하늘에 계신 너희 아버지께 상을 얻지 못하리라. 그러므로 구제 할 때에 외식하는 자가 사람에게 영광을 얻으려고 회당과 거리에서 하는 것과 같이 너희 앞에 나팔을 불지 말라. 진실로 너희에게 이르노니 저희는 자기상을 이미 받았느니라. 너는 구제할 때 오른손의 하는 것을 왼손이 모르게 하여 네 구제함이 은밀하게 하라. 은밀한 중에 보시는 너의 아버지가 갚으시리라. (마태복음6장 1-4)

5. 타인에 대한 용서의 중요성

너희가 사람의 과실을 용서하면 너희 천부께서도 너희 과실을 용서하려니와 너희가 사람의 과실을 용서하지 아니하면 너희 아버지께서도 너희 과실을 용서하지 않으시리라. (마태복음 6장 14-15)

6. 타인에 대하여 비판을 삼갈 것을 권고하심

비판을 받지 않으려거든 비판하지 말라 너희 비판하는 그 비판으로 너희가 비판을 받을 것이요 너희의 헤아리는 그 헤아림으로 너희가 헤아림을 받을 것이니라. 어찌하여 형제의 눈 속에 있는 티는 보고 네 눈 속에 있는 들보는 깨닫지 못하느냐. 보라 네 눈 속에 들보가 있는데 어찌하여 형제에게 말하기를 나로 네 눈 속에 있는 티를 빼게 하라 하겠느냐.

외식하는 자여. 먼저 네 눈 속에서 들보를 빼어라. 그 후에야 밝히 보고 형제의 눈 속에서 티를 빼리라. (마태복음 7장 1-5)

7. 행동으로 실천하지 않고 말로만 꾸며 대고 믿음만 강조하는 자들에 대한 경고의 말씀

나더러 주여 주여 하는 자마다 천국에 다 들어 갈 것이 아니요 다만 하늘에 계신 내 아버지의 뜻대로 행하는 자라야 들어가리라. 그날에 많은 사람이 나더러 이르되 주여 주여 우리가 주의 이름으로 많은 권능을 행치 아니 하였나이까 하리니 그때에 내가 저희에게 밝히 말하되 내가 너희를 도무지 알지 못하니 불법을 행한 자들아 내게서 떠나가라 하리라. (마태복음 7장 21-23)

8. 사랑과 자비의 실천을 위한 마음가짐

너희 원수를 사랑하며 너희를 미워하는 자를 선대하며 너희를 저주하는 자를 위하여 기도하라. 네 이 뺨을 치는 자에게 저 뺨도 돌려 대며 네 겉옷을 빼앗는 자에게 속옷도 금하지 말라. 무릇 네게 구하는 자에게 주며 네 것을 가져가는 자에게 다시 달라지 말며 남에게 대접을 받고자 하는 대로 너희도 남을 대접하라. 너희가 만일 너희를 사랑하는 자를 사랑하면 칭찬 받을 것이 무엇이뇨 죄인들도 이렇게 하느니라.

너희가 받기를 바라고 사람들에게 빌리면 칭찬 받을 일이 무엇이뇨 죄인들도 의수히 받고자하여 죄인에게 빌리느니라.

오직 너희는 원수를 사랑하고 선대하며 아무것도 바라지 말고 빌리라. 그리하면 너희상이 클 것이요 또 지극히 높으신 이의 아들이 되리니 그는 은혜를 모르는 자와 악한 자에게도 인자로우시니라.

너희 아버지의 자비하심과 같이 너희도 자비하라 (누가복음 6장 27-36)

아들 상진아! 너에게 이런 교육을 시킬 자격이 없는 줄 안다. 예수께서 일러주신 말씀 중 어느 것 하나 제대로 실천한 대목이 없구나. 너에게 부끄럽지만 그래도 애비로서의 임무라 생각해서다.

도둑이 자기 자식에게는 엄중히 경계하지 아니하느냐. 물론 그 아버지의 말씀이 효과가 없을지라도…….

내용이 하늘만큼 크다.

하늘만큼 크기에 실천하기 어렵고, 실천한 예수가 돋보이는 것이겠지.

그래서 만인의 가슴속에 "님"으로 "구세주"로 "하나님"으로 자리매김되었으리라.

성경이 2000년 동안 인류의 가슴 속에 전해져 오는 이유가 있었다.

지금도 성경은 세계의 베스트셀러다.

잘 읽고 실천하면 신명으로 있더라도 하늘 아버지가 좋아 하실 거다.

중국의 송나라 때의 경행록이란 책에 좋은 말씀이 있어서 적어 보내니 잘 읽고 실행에 옮기도록 하거라 "은혜와 의리를 널리 베풀어라. 사람이 살아가노라면 어디에서건 만나지 않으랴. 원수와 원한을 맺지 말라. 좁은 길에서 만나면 피하기 어렵다."

오늘밤은 좋은 말씀 너무 많이 들어 소화불량에 걸릴지 모르겠구나.

그래도 네가 잘 소화시키리라 믿는다. 이 별 저 별 다니면서 복음 많이 전하거라. 요즘 경진이도 교회에 열심히 다닌다. 일주일에 3-4번씩 나간다. 청년부에서 기타 베이스로 활약하는가 보더라.

좋은 말씀 많이 듣고 실천하여 하늘 아버지께 자랑스러운 아들이 되길 기도한다. 다만 제대로 가르치는 교회이길 바랄뿐이다.

엄마도 아빠도 교회에 다니는데 지역이 달라 다른 교회다.

편지.6
우리는 영원한 친구다

너와 맥주한잔 하고 싶다.

빛으로 있으니 술잔에 잠시 머물러 쉬다가

나랑 얼큰하게 취해서 이야기 좀 하자.

너 기억나지. 우리 3부자 같이 아파트 앞 포장마차에서 한잔씩 하던 것.

당구 시합에서는 이 아버지가 꼴찌 해서 벌주낸 것도 내 기억 속엔 생생하다.

3개월만 있으면 군 제대 할 터인데 그때 가서 할까, 오늘 바빠 못 오면.

엄마랑, 경진이랑 너 훌쩍 가버리고 난 후 가족 전부 중국으로 이사 왔다. 경진이 여기서 대학 다시 진학하여 처음엔 힘들어 했는데 요즘 중국어 아주 잘 해.

글자 쓰는 것은 아직 힘들고 강의 시간 내용은 거의 다 알아듣는데 네가 와서 한번 TEST해 주고 가면 안 될까.

힘들 때 한 번씩 찾아와서 격려도 해주고 왔다 갔다 하면 좋겠다.

너희 둘이는 무척 사이가 좋았잖아.

어릴 때 이불 뒤집어쓰고도 소곤거리며 이야기 하던 형제가 아니더냐.

일찍 안 잔다고 아빠한테 혼 좀 났지 뭐.

이 밤 자기 전에 다음의 말씀을 몇 번 읽고 자거라. 도가에서 내려오는 것으로 "하룻동안 선을 행하면 복은 미처 이르지 않더라도 화는 스스로 멀어진다. 하루 동안 악을 행하면 화는 미처 이르지 않더라도 복은 스스로 멀어진다. 선을 행하는 사람은 마치 봄 동산의 수풀처럼 그 자라는 것이 보이지 않아도 나날이 더해 가지만, 악을 행하는 사람은 마치 칼을 가는 숫돌처럼 마모되어 가는 것이 보이지는 않아도 나날이 닳게 된다"

엄마와 아빠 이렇게 산다

지난밤 잘 잤느냐.

아빠, 엄마는 어젯밤 12시경 배가 고파서 라면 스파게티(엄마가 개발한 신 종류의 음식)를 만들어 맛있게 먹었다.

거기에 들어가는 내용물이 별 것 아니야.

버섯, 파, 마늘, 김치 그리고 라면을 살짝 볶아서 혼성탕면을 만든 거야.

그런데 이 음식의 비결은 국물을 별도로 그릇에 담아두고 내용물만 먹는 거야.

어제 저녁 너와 경진이 같이 있었으면 집중토론 하는 건데…….

너희 엄마 솜씨도 좀 추켜 세워주고 말이야.

다음에 경진이한테 가서 해준데요.

왜냐하면 내가 칭찬 좀 했거든.

너 침 삼키는 소리 들린다. 다음에 너랑 같이 있을 때는 더 맛있게 만들 수 있다고 너희 엄마 벼르고 계신다.

우리가 요리해먹은 스파게티보다 더 맛있는 말씀을 적어 줄 테니 잘 먹고 삭이거라.

"나에게 선하게 행하는 사람에게 나 역시 선하게 대하고 나에게 악하게 행하는 사람에게도 선하게 대하라. 내가 이미 남에게 악한 일을 하지 않았다면 남도 나에게 악하게 할 수없기 때문이다." –장자–

오늘은 이야기 듣기 좋아하던 네가 생각나서 한 토막 들려줄게.

불교에서 신자들이 가장 널리 믿고 있고 불교인이 아니더라도 한국 사람이면 귀에 익은 "나무아미타불 관세음보살" 하고 부르는 관세음보살에 대하여 일러줄 테니 잘 듣고 보고 너의 지식세계가 넓어졌으면 한다.

관세음보살(觀世音菩薩)은 다른 이름으로 관음, 관자재(觀自在), 광세음(光世音), 관세자재(觀世自在), 관세음자재(觀世音自在)라고도 한다.

이 보살님은 극락정토에서 아미타불의 협시(脇侍)로서 부처님의 교화를 돕고 있는데 단독으로도 신앙의 대상이 되어 중생이 힘들고 괴로울 때 그 이름을 부르고 외면 그 음성을 듣고 구제한다고 한다.

관세음은 세관의 음성을 관한다는 뜻이고, 관자재라 함은 지혜로 관조함으로 묘과(妙果)를 얻는다는 뜻이다.

또 중생에게 온갖 두려움이 없는 무외심을 베푼다는 뜻으로 시무외자(施無畏者)라 하고, 자비를 위주로 하므로 대비성자(大悲聖者)라 부르며, 세상을 구제하므로 구세대왕(救世大王)이라고도 한다.

이 보살님이 세상을 敎化(교화)함에는 중생의 근기에 맞추어 여러 가지 형체로 나타난다.

이를 普門示顯(보문시현)이라고 하는데 33身으로 계신다.

왼손에 연꽃을 들고 있는데 이 꽃은 중생이 원래 갖추고 있는 불성(佛性)을 나타내며, 그 꽃이 핀 것은 불성이 드러나 성불(成佛)한 것을 뜻하고, 그 봉오리는 불성이 번뇌에 물들지 않고 장차 필 것을 나타낸다.

사람은 누구나 한때 힘들고 괴로움이 있음을 아시고 도와주고 보살펴 주려는 불교의 아름다운 사상과 정신을 엿 볼 수 있구나.

극락정토·천당·천국 모든 것이 인간이 갈망하는 사후에서도 바라고 살아있는 지금도 모든 중생이 바라는 마지막 목표이니까.

오늘의 격언
"오이 씨를 심으면 오이를 얻고 콩 씨를 심으면 콩을 얻는다. 하늘의 그물은 가없이 넓어 성긴 듯 보이지만 그 무엇도 새 나갈 수가 없다"
되새기며 잘 자거라

　답장을 안기다리기로 하고 쓰는 편지인데 오늘은 왠지 한 통 와 있을 거라는 기대로 문 밖을 힐끔 쳐다보게 된다. 저 수 많은 별들도. 남이 모르게.

　오늘은 數의 世界를 이야기 할게.

　동양·서양 가릴 것 없고 수(數)가 없으면 표현하기 힘든 것이 이 세상엔 너무나 많은 것 알지.

　동양의 수 세계는 우주의 변화 원리를 가르쳐 주고 있는 하도와 낙서로부터 불교철학을 기초하여 생기고 발전하여 왔는데 너도 잘 알고 있는 것처럼 일. 십. 백. 천. 만. 억. 조. 경 까지는 보통 잘 아는데 이 뒤에 오는 수를 아는 것이 어렵다. 경 뒤에 있는 數는 다음과 같다.

　해(該). 서(瑞). 양(壤). 구(玖). 간(澗). 정(正). 재(載).

　극(極). 항하사(恒河沙). 아승지(俄陞止). 불가사의(不可思議). 무량대수(無量大數)다. 동양과 서양에서 똑같이 가장 큰 수는 무량수, 가장 작은 수는 청정으로 각각 무한대, 10의 마이너스 21승까지 표현한다.

　서양과학에서 가장 큰 수인 요타(Y)는 10^{24}으로 불교철학의 "자(紫)"에 해당한다.

　물리학자들이 볼 수 있는 우주의 크기는 10^{28}으로 서양과학에는 이 수를 표시하는 단위가 없다. 그러나 동양에서는 양(壤)으로 표현할 수 있다.

　뿐만 아니라 정(正), 재(載), 극(極) 등의 큰 수도 있다.

　수에서 항하사(恒河沙)부터는 특정한 수가 아니라 아주 많은 상태를 말하는데 항하사는 갠지스 강의 무수한 모래알만큼 많다는 의미로 수학의 숫자로 계산하면 10^{56}이다.

도무지 이해할 수 없는 현상을 말하는 불가사의는 10^{80} 혹은 10^{120}으로 표기된다.

불가사의는 우주 가득 들어 있는 입자수와 비슷하다고 할 수 있다.

현대 과학자들이 계산해 놓은 결과를 보면 중성자·양자·전자는 10^{80}개광자는 10^{90}개가 이 우주 안에 있다고 한다.

마지막 무량대수는 서양 수학에서 말하는 무한대다.

무량수는 불가사의의 억 배로 인간의 머리로는 상상 할 수 없는 무한히 큰 수를 말한다. 또, 10이하의 숫자를 나타내는 말도 재미있다.

요즘 유행하는 나노(10^{-9})는 동양의 십진법으로는 티끌 진(塵)이다

양자·중성자의 크기가 10^{-13}cm로 모호(模湖)에 해당한다.

손가락을 튕기는 순간이라는 뜻의 탄지(彈指)는 현대 과학으로 잴 수 있는 가장 작은 수다.

청(圖)은 완전히 깨어 있는 자들만이 아는 경지의 세계다. 부처님, 예수님과 같이 하늘 아버지께서 직접 내려 보내신 이 외에는 알 수 없는….

우주의 밀도를 계산하면 10^{-29}g 으로 거의 빈 공간이라고 할 수 있는 수치인데 이를 진공을 재는 단위인 토르(Torr)로 환산하면 신기하게도 청정에 해당하는 10^{-21}토르라고 한다.

(이론 물리학자 김정욱 원장의 경향신문 2004-05-24 일자에서 퍼옴)

동양의 십진법이 서양보다 큰 이유는 우주의 시작을 보는 관점이 다르기 때문으로 해석된다.

서구 기독교 문명에는 하느님이 우주를 창조하셨다.

1654년 제임스 어셔 신부는 성경을 토대로 우주의 시작을 계산한 결과 기원전 4004년 10월 26일에 세계가 생겼다고 밝힌 바 있다.

반면, 불교와 힌두교에서는 우주가 영원히 존재하는 존재라고 생각한다. 또한 오늘날 과학에서는 우주의 시작을 빅뱅의 순간인 1백 40억 년 전으로 보고 있다.

상진아! 어느 계산이 정확한지는 속단할 수도 없고 과학 저 건너편에 있는 인류의 사상들이 사뭇 다름을 알면 된다.

과학적 측정법이 발전되면 불원간 밝혀지겠지만 사실 인간이 느끼고 보고 들을 수 있는 것은 우주 존재 전체의 10^{100}분의 1이나 될 런지…… 빛의 속도가 1초에 30만km인데 오늘밤 우리가 볼 수 있는 별빛들 중에서 수십억 광년 전의 빛도 존재하고 있다니.(1光年 : 빛이 일 년 동안 가는 거리)

오늘 너에게 수의 세계를 알려주는 목적이 있다.

단순히 수의 나열로 큰 수와 작은 수를 말하려는 것이 아니고 이 크나큰 우주의 모습과 보이지 않고 볼 수 없는 세계를 상상해 보게 하며, 그 상상으로 현재의 이 지구별을 그리고 지구별 속의 한 국가가 그 중에 어떤 지역 그 중에 작은 방속에 또 그 속에 나, 다시 나로부터 저 큰 우주까지 빈번히 왔다 갔다 해 보라는 의미다. 이것을 반복하다 보면 인간사, 신 명계에서 일어나는 사소한 일들에 대해 초연해질 수 있으리라 생각이 들어서다.

너는 잘 알고 있을 거야. 이 아버지의 뜻을.

빛으로 존재하고 0(靈)으로 있으니 그래도 그곳도 힘든 것이 있겠지.

그러면 잠시 네 동생 경진, 너의 엄마 가슴에 잠시 머물다 물이라도

한잔 마시며 쉬고 가려무나.

"나를 귀하게 여기므로써 남을 천하게 여기지 말며 나를 크다고 여겨 남의 작음을 멸시하지 말 것이며 나의 용기를 믿고 적을 가볍게 보지 말라" -강 태공-

편지.10
지구별 현황

무척 더운 날씨구나. 비가 한 줄기 세차게 온 후인데도 정말 끈끈하다.

오늘은 과학이 측정해낸 지구의 현주소 ,지구의 현황을 상세히 들려줄게.

1. 지구의 무게 : 60억 조톤
2. 지구 모든 땅의 평균 높이 : 138.68m
3. 지구의 해수면 : 59.03m
4. 지구에서 태양까지의 거리 : 9200만 9십 마일(147,200,144 km)
5. 지구의 인구증가 현상
   - ①200년 전 : 10억
   - ②1930년대 : 20억
   - ③1960년대 : 30억
   - ④1975년도 : 40억
   - ⑤2002년도 : 65억
   - ⑥2010년 : ?

그리고 다음에 들려주는 이야기는 전 세계적으로 인터넷을 통해 폭발적인 인기를 누렸던 것인데 제목은 "세계 마을의 현황 보고"이며 첫 행이 만일 세계가 1000명의 마을이라면으로 시작되고 있는데 이것을 다시 더 현실감 있게 표현하기 위하여 세계가 100명의 마을이라면으로 고쳐서 퍼져나간 내용인데 잘 읽어보면 깊은 생각과 사색을 요구하며 자신의 존재를 정확히 새겨보는 훌륭한 분석 자료라 생각이 든다.

원작자는 미국의 저명한 여성 환경학자 도넬라 메도스(Donella Meadows : 1941~2001)박사로 밝혀졌고, 처음 발표했던 내용이 전달되어가는 과정에서 현실감 있게 각색되었을 뿐이다.

이렇게 시작한다.

오늘 아침 눈을 떴을 때 당신은 하루에 대한 기대로 마음이 설레이나요
~

오늘밤, 잠자리에 들며 눈을 감으면 당신은 괜찮은 하루였다고 느낄 것
같나요.

지금 당신이 있는 곳이 어디보다도 소중하고 귀하다고 생각이 되나요?

선뜻, "네, 물론이죠."라고 대답하지 못하는 당신에게 이 이메일을 보냅
니다.

이 내용을 읽고 나면 주변과 당신의 상대적 비교로 조금 더 행복해 질지
도 모릅니다.

그리고 이웃을 좀 더 생각하는 시간을 많이 갖게 될지 모릅니다.

지금 세계는 65억의 사람이 살고 있습니다.

그런데 만약 100명이 사는 마을로 축소 시켜서 인종 · 종교 · 언어 등의
분포를 살펴보면 이러합니다.

100명중 52명은 여자이고 48명은 남자입니다.

30명은 아이들이고 70명이 어른이며 어른 가운데 7명은 노인입니다.

90명은 이성애자이고 10명은 동성애자입니다.

70명은 유색인종이고 30명이 백인입니다.

61명은 아시아인이고, 13명은 아프리카인, 13명은 남북 아메리카 사람,
12명이 유럽사람, 나머지 한명은 남태평양 지역 사람입니다.

33명이 기독교, 19명이 이슬람교, 13명이 힌두교, 6명이 불교를 믿고 있
습니다.

5명은 나무나 바위 같은 모든 자연에 영혼이 깃들어 있다고 믿고 있습니
다.

17명은 중국어로 말하고 9명은 영어를 8명은 힌디어와 우르두어를 6명
은 스페인어를 6명은 러시아어를 4명은 아랍어를 말합니다.

　이들을 모두 합해도 마을 사람들의 절반밖에 안됩니다.
　나머지 반은 벵골어, 포루투칼어, 인도네시아어, 한국어, 프랑스어, 독일어, 일본어 등 다양한 언어로 말을 합니다.

　별의 별 사람들이 다 모여 사는 이 마을에서는 당신과 다른 사람들을 이해하는 일. 상대를 그대로 받아들여 주는 일, 나의 생각만 옳다고 믿고 상대방에 주입하려 하지 않는 일, 그리고 무엇보다 소중한 것은 이런 다양한 환경 속에서 상이한 문화의 틀이 고유하게 보존되고 지속되고 있다는 것입니다.

　또 아래를 읽어 보세요. 참으로 불공평한 지구촌을 바라볼 수 있습니다.
　마을에 사는 사람들 100명 중 20명은 영양실조이고 1명은 굶어죽기 직전인데 15명은 비만입니다.
　이 마을의 모든 부 가운데 6명이 59%를 가졌고 그들은 모두 미국 사람입니다.
　또 74명이 39%를 차지하고 겨우 2%만 20명이 나누어 가졌습니다.

　이 마을의 모든 에너지 중 20명이 80%를 사용하고 80명이 20%를 나누어 쓰고 있습니다.
　65명은 먹을 양식을 비축해 놓았고 비와 이슬을 피할 집이 있지만 나머지 35명은 그렇지 못합니다. 17명은 깨끗하고 안전한 물도 마실 수 없습니다.

　은행에 예금이 조금이라도 있고 항상 지갑에 돈이 들어 있는 사람은 마을에서 부유한 8명안에 드는 한 사람입니다.

114

자가용을 소유한 자는 100명 중 7명에 드는 한 사람입니다.

마을 사람들 중 1명은 대학교육을 받았고 2명은 컴퓨터를 가지고 있습니다. 그러나 14명은 글도 읽지 못합니다.

만일 당신이 어떤 놀림을 당하거나 고문 · 체포 · 죽음 등의 공포에 시달리지 않고 자신의 신념과 양심에 따라 움직이고 말할 수 있다면 그렇지 못한 48명보다 축복 받았습니다.

만일 당신이 공습이나 폭격, 지뢰로 인한 살육과 무장단체의 강간이나 납치를 두려워 하지 않는다면 그렇지 않은 20명보다 축복 받았습니다.

1년 동안 마을에서는 1명이 죽습니다.
그러나 2명의 아기가 새로이 태어나므로 마을 사람은 내년에 101명으로 늘어납니다.

이메일을 읽는다면 그 순간 당신의 행복은 두 배, 세 배로 커질 것입니다.
왜냐하면 당신에게는 당신을 생각해서 이메일을 보내준 누군가가 있을 뿐 아니라 글도 읽을 수 있기 때문입니다.

옛날 사람들은 말했습니다.
세상에 풀어 놓은 사랑은 돌고 돌아 다시 돌아온다고.
그러니까 당신은 깊이 음미하여 노래를 부르세요.
신나게 맘껏 춤을 추세요.
하루하루를 정성스레 살아가세요.

그리고 사랑할 땐 마음껏 사랑하세요.

설령 당신이 상처를 받았다 해도 그런 적이 없는 것처럼 먼저 당신이 용서하세요. 그리고 사랑 하세요.

이 마을에 살고 있는 당신과 다른 모든 이들을 진정으로 나 그리고 우리가 이 마을을 사랑해야 함을 알고 있다면 정말 아직은 늦지 않았습니다. 우리를 갈라놓은 비열한 여러 가지의 힘으로부터 이 마을을 구할 수 있을 것입니다. 꼭. (국일 미디어 출간 세계인구가 100명이라면에서 퍼옴)

상진아! 신명들이 모여 사는 그 쪽 세상도 마찬가지 일 것이야. 이 편지 받으면 거기서는 네가 제일 먼저 E-mail 발송하거라 다른 별들에도 전달하거라. 내용은 바뀌겠지.

상진아! 아버지 자작시 한 편.

평소에 우리 인간의 삶 속에 수많은 모순의 현상들이 현존하지 않으면 안 되는 그 원인이 무엇일까를 생각해 왔는데 아빠의 이 자작시 속에 그 비밀을 고백하고 있다.

비탈진 동네에 살아서 바로 서지 않는 마음
23.5°로 기울어져 있어 항상 어지러운 지구
교회도 사찰도 서 있기는 바로 서 있는데
내종파만 찾고
틀린 구석이 있어도 침묵하고 대변하고
다른 곳에 가서 본 받을만한 것이 없다.

내 마음도 23.5°
우리 마음도 23.5°
정축이 되면 하늘마음에 닿겠지.

천년의 詩語에 23.5도는 없었다.
석가도 예수도 공자도 기울기 23.5°는 해결 못했구나.
그래서 23.5도를 받쳐 주려 오셨구나.

언제나 정축이 되어 화창한 사계가 없는 천국 같은 지상천계가 시작될까.

지축이 심축이고 심축이 천축을 버티고 있구나.

천축은 하늘의 길이요

지축은 돌아가는 헝클어진 천 상 길

심축이 고요할 길 없구나.

지난 밤 꿈속에서 정축이 되었구나.

365 $\frac{1}{4}$ 일의 5만년 해 안고 돌더니

360일의 5만년 해와 친구 되어 돌고 돌아

천국과 지옥을 허공에 짓는구나.

무너진 바벨탑에 23.5도의 비밀이 있고 기다리는 하늘나라 극락정토 천상세계는 0도에 있구나.

돌고 돌아 다시 돌아 언제나 그 자리로 되돌아올까.

지축이 바로 서면 지상에 천국이 도래 하리

모순과 대립이 기울어진 지축으로 생긴 일을 그 누가 알리.

인류의 염원은 하늘나라에 있고, 기도의 중심은 하나님의 품일세.

상진아 ! 이정도면 아버지도 시인 하면 안 되겠냐. 사람들이 무슨 뜻인지 잘 몰라서 그렇지. 몇 번 읽어 보거라. 독자는 너밖에 없을 것 같구나. 너만 알아줘도 아버진 행복해 질 거야. 세월이 지나보면 그때야 모두 알게 될 것이다.

자기 전 좋은 말씀 한마디, 꼭 실천해야 할 말씀.

"자기 집 두레 박 줄이 짧은 것은 탓하지 않고 남의 집 우물 깊은 것만 탓 한다."

어리석은 자가 남을 탓하려 드는 모습이다.

"성경의 마태복음"에 "너는 어찌하여 형제의 눈 속에 있는 티는 보면서, 제 눈 속에 있는 들보는 깨닫지 못하느냐."

우리 제발 이러지는 말자. 잘 자거라, 하늘에 있는 나의 영원한 친구.

상진아!

오늘은 중국의 유명한 철학가인 장자의 홀(혼돈)과 숙(질서)에 대한 우화를 이야기해 줄려고 한다.

시사해 주는 바가 참으로 크다.

그분의 통찰력이 많은 이를 깨달음의 길로 안내하였으리라 생각되어 너에게 보낸다.

혼돈과 질서라는 두 친구가 있었다.

평소에 혼돈을 쳐다보고 있는 질서의 마음이 그리 편치 않아서, 하루는 친구 간에 결례이지만 충고를 해주기로 마음 먹었다.

너도 좀 세상 살아가는데 뒤죽박죽으로만 살지 말고 정신 차리고 나와 같이 청교도적으로 정리정돈 좀하면서 살기를 권한다.

이에 혼돈은 흔쾌히 친구의 진심어린 충고를 받아들이기로 하고 질서의 도움을 청하게 되고 질서는 적극적으로 혼돈의 요소들을 제거해주기 시작한다.

혼돈이 갖고 있던 7가지 혼돈스러움을 차례로 제거하면서 마지막 7번째 마저 질서의 의도대로 완벽하게 임무를 모두 끝내었다.

그런데 갑자기 문제가 발생해 버렸다. 혼돈을 전부 질서로 바꾸고 나니까 질서의 존재가 없어져버렸다는 것이다.

내리막과 오르막은 항상 우리 곁에 있어야 한다. 밤과 낮도 있어야 휴식과 성장이 이루지는 것처럼.

사고의 틀을 다양하게 가져볼 수 있는 좋은 우화라 들려준다.

생각을 달리 하는 자를 포용할 수 있어야 하고 존중해주는 그러한 사고가 매우 중요하다.

상진아! 앞의 이야기가 무슨 뜻인지 확연히 전달되지 않을 것 같아 예를 들어 좀더 상세히 쉬운 내용으로 설명해 줄게.

우리의 주변에는 깨끗하고 더러운 것, 아름답고 추한 것, 거룩하고 보잘 것 없는 것, 잘생기고 못생긴 것, 모난 것 둥근 것, 가난한 자와 부자, 왕과 백성, 고상한 직업과 비천하다고 판단되는 직업, 신앙인과 비신앙인, 상수도와 하수도, 선과 악, 음양, 어둠과 밝음, 봄과 가을, 여름과 겨울, 태어남과 죽음, 성장과 쇄락, 나아갈 때와 물러날 때, 오목과 볼록. 행복과 불행 등 실로 극과 극으로 대비되는 상황이 즐비하다.

신체만 보더라도 입과 항문이 그렇지 않느냐.

만약 우리 신체에 입만 있고 항문이 없다면 어떻게 될까.

진정 새겨두어야 할 우리들의 마음가짐은 이러하다.

내 주위의 모든 존재와 현상들을 그윽하게 바라볼 수 있어야 한다.

그들이 인생에 있어 할 몫이 다 다르게 타고 났음을 그리고 상이한 현상들의 필연적 상관관계를 인정해야 한다.

나보다 못하다고 판단되는 이웃에 대해 긍휼한 마음으로 대하여야 한다. 그들의 존재가 내가 있게 하는 원인임을 인식해야 하고 그들을 사랑하는 눈으로 바라보아야 한다. 불교의 핵심 사상인 연기론이다. "이것이 있음으로 저것이 존재하며 저것이 있음으로 이것이 존재한다!" 이것이 사라지면 저것 또한 사라진다. 나하고 다른 생각을, 사상을 가진 자를 무시해선 안 된다. 더더욱 경계해야 할 것은 나보다 못한 자를 향하여 자랑은 절대 금물이다.

사람들은 칭찬듣기를 좋아하는 만큼 자랑하기도 좋아한다.

상대에게 칭찬해주는 것은 어린 아이에겐 절대적으로 중요한 것이지만 어른이 된 후에는 삼가는 것이 좋다. 이상하게 들릴지 모르겠지만 사람이 빈말의 칭찬도 듣기를 반복하다보면 그 다음부터 남의 충언은 귀에 거슬

리기 시작하고 부질없는 칭찬에 일종의 중독이 된다.

이건 그 상대를 망치는 결과를 가져오기 때문이다. 그러나 실의의 늪에 빠진 자들에겐 칭찬은 긴요하다. 그것이 아무리 빨간 거짓말이라도 그땐 지혜로운 삶의 자세다. 이것은 꼭 필요한 이웃에 대한 배려다.

그러나 자기의 이익을 위하여 면전에서 칭찬 하는 사람은 옆에 오래 있지 않는다!

그런 자는 이해만 다르면 우리 곁을 떠나고 없다.

그런데도 세상 사람들은 그것을 좋아한다. 이 세상 역사를 돌이켜보면 충신은 간신보다 오래 못살고 부귀가 없다.

사람들은 죽은 후 영적인 세상에 가면 바뀌어 살아감을 몰라서 그럴 것이다.

장남! 너는 아버지 이 말을 알아들을 것이다.

그리고 골수에 깊이 새겨 두고 평생의 좌우명으로 삼아둘 것과 상대의 입장을 늘 배려하는 마음을 키우라는 뜻으로 다시 한번 강조해 두고 싶구나.

1. 자랑은 참으로 쓸데없는 물건이다.

자랑하는 만큼 자신의 영혼은 퇴락해 가는 것이다

사람들은 자랑할 것이 없으면 처삼촌이 높은 지위에 있음도 내 비친다.

그리고도 사람들은 상대방이 어떻게 생각하는지를 알아채지 못한다.

요즘 서울 강남지역에 부자촌 일부 마나님들이 모여서 자식자랑 남편자랑 등을 하려고 별도의 경비를 내고 서로 자랑하는 시간을 확보한다는구나. 그것도 먼저 하려고 심지(제비뽑기)까지 뽑으면서.

일종의 자랑 시합이다.

2. 봉사활동을 하는 마음가짐이 참으로 중요하다.

남이 모르게 하는 것이 최상이다.

그다음은 남에게 자랑하지 말아야 한다.

내세우지 말아야 한다.

내세우는 마음은 사치스러운 옷을 입는 것과 같다.

안하는 것보다야 나은 것이지만 자랑할 마음이 그 속에 있다면 진정한 이웃을 위한 것이 아니고 자신의 만족을, 허영을 표현하게 되는 것이다.

이것을 나쁘다고 이야기 하기는 어렵다,

봉사활동 안하는 사람과 비교하면 말할 것도 없다.

이웃을 위해 헌금하고 사진 찍고 이름 내지 말아야 한다.

자신이 남을 배려 할 수 있는 형편에 있는 것만으로 하늘에 감사하면 되는 것이고 그 봉사행위가 이미 하늘이 자신에게 봉사를, 은총을 베풀어 주고 있음을 알아야한다.

좋은 일을 하고 자기가 하지 않은 것처럼 끝까지 버틸 수 있는 정신단련 수도장을 한번 차려 봐야겠다. 아버진 시간이 되어 한국에 다시 가면 이 수련장을 꼭 한번 개설해 봐야겠다.

너와 함께 동업하자.

너의 엄마, 너와 동업한다면 동의할 것이다

이 부분 버티기만 해낼 수 있으면 고귀한 하늘의 자식이 되어있는 것이다. 뭐 대단히 복잡하고 어려운 것이 아니다. 그런데 이를 실천하기는 하늘의 별을 따기보다 힘든다.

모든 종교의 기도의 핵심은 이 마음가짐을 실천하는 것이다.

3. 우리 모두 상대의 입장에서 생각을 다양하게 하는 연습을 학습해야 한다.

참으로 힘든 것이긴 하다만 아버진 이부분에 후회되는 기억이 있다.

부끄러운 것이긴 하다만 너에게 고백을 해야 다시는 그런 마음가짐을 갖지 않을 것이기에 용기를 내어 한다.

다름이 아니라, 아버지가 1994년도부터 병든 자를 치유할 수 있는 재주가 주어져 처음엔 스스로 놀라 마치 돌 백이 어린아이가 첫걸음을 하고 난 후 저도 모르게 놀라 우는 모습이었다. 그렇게 놀랍고 우쭐한 마음이 생기더라. 그래서 많은 이들을 치료하게 되었지, 치료라는 것도 별게 아니야, 손만 대면 낫기도 하고 때로는 빛의 형제들이 건네주는 처방으로 쉽게 해결되는 그때다. 지금도 그 재주는 있다. 빛의 형제들이 이것은 가지고 가지 않으셨다.

모 잡지사 편집부장이 넘어져 정신을 잃고 전신 불수가 되어 아버지가 다른 사람의 안내로 그 사람을 치료하게 되었다. 병원서 포기한 그 사람이 깨어나서 나에게 건네준 쪽지에 다음과 같은 내용이 들어 있었다.

'나는 기 치료를 믿지 않습니다.' 라고. 그것도 부인을 통해서.

아버지는 그 이후에는 다른 자를 도우는 것을 포기해 버렸다.

그런데 요즘 생각해 보면 그분의 그런 생각도 보듬고 이해해 줄 수 있는 그릇이 되지 못했음을 후회한다. 참으로 작은 그릇이었음을.

그분의 생각은 단순했을 것이다.

사회적 지위상 외부에 알려지는 것이 못마땅했을 것이다. 왜냐하면 정식 병원이 아닌 괴상망측한 방법으로 나았다고 타인이 그렇게 생각할 수 있음을 미리 걱정한 것이다. 그리고 종교적 신념으로도.

다듬어지지 않았던 아버지의 자화상을 너에게 고백하니 시원하다.

이렇게 우리는 주위의 사람들로부터 괴로움도 겪고 번뇌도 나누면서 실망과 괴씸함도 맛보면서 그리고 난 후 큰 교훈도 함께 선물이 되어 돌아온다는 사실을 아버진 이제야 알게 되었다. 실천 하는 일만 남았다.

4. 모순(모는 창이라는 뜻이고 순은 방패라는 뜻)에 대하여

창과 방패 장사를 하는 두 아들을 둔 어머니의 마음을 배워야 한다

　한 아들은 외치기를 이 세상 어느 방패도 이 창으로 부서지지 않는 방패가 없다하고, 또 다른 아들은 세상의 어떠한 창으로도 이 방패를 당해 낼 수 없다고 한다.

　이 두 아들을 둔 어머니는 매일 어떠한 마음가짐으로 기도하고 계실까.

　그리고 한 아들은 짚신장사하고 또 다른 아들은 우산 장사를 하는데 비가 오나 햇볕이 나나 이 어머닌 걱정이시다.

　우린 이 어머니의 심정을 헤아릴 수 있을까.

　5. 각 종교의 신자들이 가장 큰 복덕으로 생각하는 것이 전도다.

　제일 보기 좋고 하느님 보시기에도 아름다운 전도는 자신의 행실을 보고 본을 받고 싶어 상대 스스로 그 종교에 가게 되는 것이다.

　전도하는 마음속에 하늘의 복을 염두에 두면 아무 쓸모가 없는 헛수고가 될 것이고, 또 전도 되지도 않는다.

　그리고 정녕 경계해야 될 것은 전도의 자세에 있어 상대를 가르친다는 생각은 금물이다.

　이 샘물에서 나오는 물만 마셔야 한다고 우기면 더욱 할 말이 없어진다.

　종교를 가진 사람들은 어느 종교에도 소속되어 있지 않고 신앙생활을 하지 않는 사람보다 우월감을 가지는 것도 삼가야 한다.

　종교는 가지고 있지 않더라도 종교를 가진 자들보다 하늘의 뜻에 순응하며 살아가는 사람들이 많이 있기 때문이다. 그들은 천성으로 그렇게 살아가는 자들이다. 말도 잘 할줄 모르고 자기를 표현하는 것을 자제하고 절제하고 있는 그들이지만.

　일상의 성직자보다 신앙인보다 자신을 낮추어 없는 듯 보이는 사람들이 주위에 얼마나 많은가를 우린 알아야 한다.

　지극히 겸손하며 나타나기를 싫어하는 사람들 말이다.

　하느님이 보시기에 참으로 진정 사랑하는 아들딸이 우리 주위엔 많이 있다.

그들이 이 지구별을 항상 밝게 해주는 존재들임을 알아두면 좋겠다.

그들은 각 종교의 교리에는 관심을 둔 적이 없으나 진정 하늘의 뜻을 아는 분들이다.

실천하는 성직자와 신앙인만큼 크고 아름다운 지구별의 참다운 형제들이다.

오늘의 교훈

베어버리고 뽑아버려야 한다고 생각하며 바라보면 잡초 아닌 게 없고 예쁘고 사랑스럽게 보려들면 꽃 아닌 게 없다.

−강증산

우리의 마음 씀 하나로 이웃을 잡초로 볼 수도 있고, 꽃으로 볼 수도 있다 그자.

이 밤도 잘 자고…….

편지.13

변질해버린 각 종교의 교리들

장남! 오늘은 각 종교의 본질이 변해버린 모습을 일러 줄까 한다. 새겨 들도록 하거라.

주위에 그런 분이 있으면 일깨워 드리도록 하거라.

불상이 세워지자 사람들은 붓다의 이상과 깨달음에 있지 않고 불상을 숭배하기에 바쁘고, 교회가 세워지자 사람들은 예수가 실천한 이상을 본 받지 않고 믿음이란 이름으로 우상화 시켜 섬기는 데만 바쁘구나.

외적인 가르침의 안내로 내적인(0적인) 깨달음을 얻은 존재들이 예수, 석가이며 외적인 형태의 문자와 가르침에 머물지 않고 하나님의 뜻을 제대로 실천하여 초월해 버린 자들임을 알아야 하는데 말이다.

한 예를 들자면 성경에 내가 길이요, 진리요, 생명이다. 나를 통하지 않고는 하늘나라에 갈 수 없다고 한 내용이다.

이 말씀의 깊은 내용은 나만이 유일한 진리의 생명의 빛이라는 뜻이 아니고, 하나님의 성령의 인도를 받는 자는 다 하나님의 아들이며, 나는 참 아들이요, 아버지께서 기뻐하시는 독생자라 말했으며 우리 모두 자신의 내면에 존재하는 신성을 깨닫고 이해한 다음 나 자신이 만물의 어버이인 하느님 안에 존재하며 그 안에서 살고 움직이고 있는 것을 인류 앞에 선언한 것이다.

"나를 통하지 않고는"은 '나를 본받고 실천하지 않으면' 으로 해석되어 져야 한다는 것을 알아야 한다.

따라서 예수의 삶은 인류의 보편적 진리이며 영원한 생명 말씀임을 알고 믿는 만큼 실천을 요청하고 있는 것이다.

그런데 일부의 가르침이 바르게 가고 있지 않음이 있다. 예수그리스도에 대한 믿음만 강조하고 그 이면에 실천하기 힘든 부분을 놓치고 강조하지 않는다는 점이다.

믿음은 절대자에게로 가는데 있어 꼭 필요한 마음가짐이지만 그것만으로 모든 것이 이루어지는 것이 아님을 다음 구절에서 명백히 알아야 한다.

마태복음 7장 21절에 "나더러 주여, 주여 하는 자 마다 천국에 다 들어갈 것이 아니요 다만 하늘에 계신 내 아버지의 뜻대로 행하는 자라야 들어가리다." 라는 말씀이다.

교리의 잘못된 적용으로 철모르는 신도들을 얼마나 그릇되게 인도하는지를 하늘 아버지는 아실게다.

신명으로 있는 너의 그 세계도 하느님 아버지의 품속이며 그 분의 의지대로 실천하는 믿음으로 기도하며 살아가길 진정으로 바란다.

너는 작은 0(靈)이요 아버지 하느님은 큰 0(靈)이시니.

편지.14
인간 본성의 한계

아들아 ! 오늘은 이 세상에서 가장 무서운 것에 대해서 한 자 적어 보낸다.

잘 새겨 읽고 가슴에 간직하고 바른 삶의 이정표가 되었으면 한다.

다른 사람의 일을 말함에 있어 사실과 다르게 빼고 보태는 것이다.

문장을 써 표현할 때 그 표현이 진실을 벗어나고 아름다움을 칭찬할 때 그 선한 정도를 넘으며, 악행을 말할 때 그 알맞은 죄가를 누락시키고 있다는 점이다.

왜냐하면 세속 사람들은 기이한 것을 좋아하며 기이하지 않고 과장된 표현이 아니면 그 말에 귀를 기울이지 않기 때문이다.

따라서 남을 칭찬하면서 그 아름다움을 부풀리지 않으면 듣는 사람이 유쾌하게 여기지 않고 남을 헐뜯을 때는 그 악을 보태지 않으면 듣는 사람이 마음에 흡족하게 여기지 않기 때문이야.

하나를 보면 늘려서 열로 말하고, 백을 보면 보태여 천을 만든다.

소박하기 그지없는 순박한 일을 열이나 백으로 갈라놓고 분명히 알 수 있는 말을 쉽게 말하지 않고 소위 문자도 쓰고 외래어도 써가며 말은 천이나 만으로 반복한다.

인간이 태어나면서부터 원죄로 간직해 내려오는 고치기 힘든 습성임을 살아 있는 자는 다 잘 안다. 그러나 그것을 잘못된 것이라고 생각하는 사람이 별로 없다는 것이다. 부풀려서 말하는 것 말이다.

이러한 풍토가 천성으로 그러하므로 수련과 수도와 기도가 필요한 것이리라.

밤낮으로 기도하며 살아가길 바란다. 지상에서는 아버지가 천상에서는 아들이 하여 혹시 좋은 세상 거짓 없는 세상으로 변하여 질줄 아느냐.

오늘은 뼈마디가 시리도록 춥구나. 중국은 상해 지역 이남에는 겨울 난방 시설이 아예 없기 때문에 바닥에서 올라오는 추위가 대단하다. 오늘따라 전기난로도 고장 나버렸네.

이 밤도 잘 자거라.

편지.15
바보같은 친구

상진아!

오랜만에 너한테 편지하는구나. 자주 편지하지 않게 되는 것을 보니 많이 안정을 찾았는가 보다.

그동안 잘 지냈느냐.

지금 아버지가 머물고 있는 이곳은 중국에 있는 친구의 공장 기숙사다. 이 친구의 본사는 홍콩에 있다.

이 친구는 대학 동아리 물망초(봉사활동을 주로 하는 모임)에서 만나 지금까지 서로 좋은 관계를 유지하며 지내오는 아주 막역한 사이다. 세월이 무상하여 35년이나 되었구나.

너도 잘 알 것이다.

오늘은 이 친구에 대하여 너에게 아버지의 심정을 전하려고 한다.

이 친구는 기업을 경영하는 데 있어 한마디로 바보 같다.

무슨 말인고하니 현대 기업경영의 기본적인 요소들을 무시하고 자기 철학에만 의존하여 회사를, 공장을 운영하고 있다.

하나의 예를 들어서 이야기 해 줄께.

일반적인 상식으로는 회사 내에서 결혼을 하면 한 사람은 회사를 그만두게 한다. 그게 상식화 되어있다. 그런데 이 친구는 오히려 그것을 장려하고 격려하며 창고의 입출고담당자도 오누이 혹은 자매, 부부 등 각 부서에 아무리 봐도 상식적으로 용납되기 힘든 경영 방법을 선택하고 있는 것이다.

좀 속된 말로 표현하면 생선가게를 고양이한테 맡겨 놓은 형국이다. 현재 이 회사의 임직원이 모두 300여 명이 넘는데 34명이 부부 아니면 오누이 형제자매 관계다. 이것도 대부분 관리자다.

아버지 보기에는 바보 같다. 그리고 자주 충언을 해도 막무가내다.

그 대신 아침마다 성경으로 그들의 정신을, 영혼을 담금질한다.

어느 날 물어 보았다. 새 나가는 물소리가 들리지 않느냐고.

이 친구 대답이 걸작이다.

그것은 스스로 자신의 영혼에 흠집을 내는 일이다고.

기업의 제일의 목적은 이윤 창출에 그 근간을 두고 있다는 가장 기본적인 요소를 다 알고 있으면서도 이 길을 택해서 간다.

장남, 너는 어떻게 생각되느냐. 솔직히 아버진 답답하다. 그러니 아버지 할일이 없어 보인다. 더 많아 보이기도 하고.

오늘 너에게 600년이라는 세월 속에 이어져 오는 재미있는 일화를 하나 들려주며 위로하고 싶다. 조선국을 개국한 이 성계와 그의 친구이자 개국의 일등공신인 무학대사 (꿈 해몽으로 이성계의 왕위 즉위를 예언해준 승려) 와의 사이에 일어난 대화다.

어느 날 태조 이성계가 국가의 기본 틀을 완전히 다진 후 무학대사를 불러 세속 말로 회포를 푸는 날이었다.

그날 군왕인 이 성계는 무학에게 오늘 이 자리는 군신간의 관계를 떠나 친구로서 서로 흉허물 없이 이야기 해보자고 제안하고 무학대사 역시 흔쾌히 이를 서로 받아들이고 이야기가 무르 익어간다.

이성계가 무학대사에게 느닷없이 한방 날린다.

"이보게, 친구 무학대사!

자네는 평소와는 달리 오늘은 그 생긴 꼴이 돼지 같고 바보같이 보이는구먼." 하고 슬쩍 비위를 건드린다.

이에 무학의 응수가 이렇다. "자네는 다른 날과 달리 오늘은 부처님같이 보인다."고. 그러자, 이성계가 "에끼! 이 사람아 오늘은 군신관계를 떠나 서로 허심탄회하게 이야기하기로 하고선 평소의 자네 답지 않게 아부를 떨고 있냐"고. 이에 무학대사의 응수가 참으로 재미있고 시사해 주는 바가 크다.

"이보게, 친구! 개 눈에는 x만 보이고 돼지 같고 바보 같은 인간 눈에는 바보만 보이는 것이고 부처님 눈에는 부처만 보인다는 것을 알고 그러는가 모르고 그러는가" 라고.

두 사람의 웃음소리가 오늘도 들리는 것 같다. 그리고 우정도 한결 깊어져 600년이 지난 오늘도 우리의 귓전을 때린다.

오늘 문득 알게 되었다. 무지개를 타고 은하수다리를 건너 저 600년 전 그곳으로 가서보니 이 아버지는 이성계가 친구는 무학대사가 되어 있음을 본다. 살아가며 자신의 철학을 확실히 가지고 인생을 경영함이 가정과 사회에 그대로 반추되어 감을 읽어주면 좋겠다. 그래도 한마디 간곡히 해주고 싶다. 성직자의 가는 길과, 기업인이 가는 길은 방법이 달라야 한다는 것을.

사업을 잘하고 있는 친구에게, 실패한 자가 들려주는 것이 설득력이 없음을 아버진 안다. 실패한 자에게도 간혹 들을 말이 있다는 것을 알기를 바랄 뿐이다.

상진아, 그래도 이것은 알아 두어라.

이 성계보다는 무학대사가 아버지보다는 이 친구가 영혼이 맑다는 것을.

잠자리 들기 전 한마디.

좋은 친구를 옆에 두는 것은 향기 좋은 꽃을 방안에 둔 것과 같고, 악한 자를 가까이 하는 것은 가시덤불을 가슴에 안고 있는 것과 같다.

장남, 너는 어떤 부류의 친구를 가까이 두고 평생을 살고 싶으냐.

이 별 저 별 다니면서 여러 별의 다양한 친구를 새겨 두어라.

이 세상에 친구만큼 소중한 보물이 없다.

부처님에 대한 호칭이 10가지가 있는데 오늘은 그 호칭이 갖는 의미를 너에게 보낸다.

10가지 호칭이 갖고 있는 의미가 우리가 평소에 바라는 목표이며 하느님께서 인류에게 바라는 모습이야.

1. 여래(如來) : 완전한 인격자. 기울어짐이 없는 자.
2. 아라한 혹은 응공(應供) : 존경해야 할 사람. 말과 행동이 항상 일치하여 모든 이가 본받아 하고 싶어 하는 인물.
3. 정등각(正等角) 혹은 정통지(正通知) : 깨달은 사람. 모든 이치를 훤히 알아 천, 지, 인의 조화를 이룰 수 있는 사람.
4. 명행족(明行足) : 밝은 지혜와 실천을 구현하는 자
5. 선서(善逝) : 행복한 사람. 타인의 어려움을 먼저 생각하는 지고한 사람.
6. 세간해(世間解) : 세간의 일을 모두 잘 알고 있는 자
7. 무상사(無上士) : 최상의 사람. 인간으로서 하느님의 뜻대로 실천하는 사람.
8. 조어장부(調御丈夫) : 거친 자를 제어하는 사람
9. 천인사(天人師) : 신들과 인간의 스승. 천지간에 모든 생명체에게 귀감이 되는 사람.
10. 세존(世尊) : 세상에서 존귀한 분

열 가지 모두 같으면서 다르고 다르면서 같다.

하늘 아버지께서 바라는 지상에서의 아름다운 인간상이며 그것을 실천한 예수가 오시기 500년 전의 그 시대의 진정하고 참된 하나님의 아들 석가모니의 다른 이름들이다.

하늘이 바라는 그런 인간상이 아니더냐.

천상의 바람이 무엇인지 너는 알겠지.

지상에서의 실천적 삶은 하늘에 새겨지고 새겨진 업적은 영원히 인류의 본보기로 시간을 초월하여 이어지는 것이다.

그것은 상호 호근(互根)운동을 하며 공존하기 때문이지.

내가 시간 있을 때마다 좋은 말씀을 보내는 것도 이승이나 저승이나 살아가기는 마찬가지인 것을 아버진 잘 안다. 이승에서 저승의 아들에게 보내는 편지가 꼭 전달된다는 것을 확신하기 때문이며 너에게 이승에서 못다한 인간으로서 갖추어야 할 교훈을 들려주는 것이다. 이것은 어버이로서의 책임이고 소임이기 때문이다.

명심하여 잘 새겨주기 바란다.

만약 아버지와 멀리 떨어져 있다고 소홀히 하면 여기서도 벌주는 방법을 아버진 안다.

가슴깊이 새겨 두어야할 말씀

어느 날 제자 중 한 사람이 묻기를 예수교가 여러 가지 문제가 많은데 믿어도 되느냐고 여쭈니 증산 선생님 대답이 "동도를 헐뜯으면 동으로 갈 길이 없고 서도를 탓하면 서로 갈 길이 없다."고 말씀해 주신다.

나의 사상만 옳다 주장하지 말고 다른 사람의 생각도 존중해야 큰 인물이 되느니라.

-강 증산.

장남! 지난밤 잘 잤느냐. 해 뜬 후에도 자고 있으면 송장으로 보인다고 증산 선생님(1871~1909)께서 말씀하셨다.

일찍 일어났는지.

오늘은 부처님께서 남기신 팔만대장경 중에서 부모은중경에 대하여 설명해 줄게.

잘 읽고 부모님에 대한 존경과 사랑의 마음을 키워가기 바란다. 이승의 부모도 저승의 부모도 중요하긴 마찬가지이니라.

어느 날 제자들과 벌판을 걸어가는데 흩어져 있는 뼈를 하나 보게 된다.

그 뼈의 색깔이 너무 검게 되어 있었다.

갑자기 석가께서 땅에 무릎을 대고 절을 한다.

제자들이 해골을 보고 왜 절을 하시는가 물었더니 아래와 같이 제자들에게 말씀해 주셨다.

저 뼈는 어느 자식을 둔 어머니의 뼈라고 말씀해 주시면서….

1. 남자의 뼈는 희고 무거울 것이나 여자의 뼈는 검고 가벼울 것이다.
   그 원인은 아이를 낳을 때 피를 3말3되나 흘리고 아기에게 8섬4말이나 되는 흰 젖을 먹이기 때문이라고 하고
2. 어머니가 아기를 잉태한 첫 달에는 그 기운이 마치 풀잎위의 이슬 같아서 아침에 잠시 보존하지만 저녁에는 보존할 수 없으니 이른 새벽에는 피가 모였다가 오후가 되면 흩어져 버린다.

둘째 달에는 마치 우유를 끓였을 때 엉긴 모양 같고

셋째 달에는 그 기운이 엉킨 피와 같고

넷째 달에는 점차 사람의 모양을 갖추어 가고

다섯째 달에는 아기는 5부분의 모양을 갖추게 되는데 이때 남녀로 나뉘며

     1.머리 2.두 발꿈치 3.두 팔꿈치로 먼저 형성되며

여섯째 달에는 아기의 여섯 가지 정기가 열리는데

     1.눈의 정기 2.귀의 정기 3.코의 정기

     4.입의 정기 5.혀의 정기 6.뜻의 정기가 갖추어지고 이때부터 근육과 골격이 형성된다.

일곱째 달에는 삼백육십 뼈마디와 팔만 사천 모공을 이루며, 머리카락이 나기 시작한다.

여덟째 달에는 아기의 꾀와 뜻이 생기고 각 기관이 크게 자라며 혼(魂)이 움직이기 시작하여 오른손을 움직일 수 있고

아홉째 달에는 무엇인가를 먹게 되며, 이때 어머니는 복숭아, 배, 마늘은 먹지 말고 오곡을 먹어야 한다는 구나. 이때부터는 백(魄)이 활동하기 시작하여 왼손을 움직일 수 있고,

열 번째 달에는 효순한 아들딸이라면 주먹을 쥐어 합장하고 나와서 어머니의 몸을 상하지 않게 하고 만약 오역죄를 범할 아이라면 어머니의 포태를 제치고 손으로 어머니의 간과 염통을 움켜쥐고 다리로는 어머니의 엉덩이뼈를 밟아서 어머니는 마치 일천 개의 칼로 배를 저미고 일만 개의 칼날로 염통을 쑤시는 듯한 고통을 느끼게 된다고 말씀하셨다.

오늘날 과학이 발전되면서 아기의 생성과정이 밝혀지고 있으니 위의 말씀이 사실이구나.

이 시대 사람들은 과학적으로 증명되어 알게 되었지만 2500년 전 석가

불은 어떻게 이다지도 상세히 말씀해 주셨는지.

하늘의 아들이 아니면…….

하늘에서 알음귀를 열어주지 않았다면…….

내 아들 상진아! 아래의 좋은 말씀은 너에게 하는 것이 아니고 나 스스로에게 채찍을 대는 말이다.

"어린아이의 더러운 똥오줌은 그대 마음에 싫어하지 않으면서 늙은 어버이의 침과 눈물은 오히려 미워하고 싫어한다. 그대 작은 몸뚱이는 어디에서 왔는가? 아버지의 정기와 어머니의 피로써 그대 몸이 이루어 졌다. 그대에게 권하노니 늙어가는 사람을 공경하여 모셔라. 젊었을 때 그대를 위하여 뼈가 닳도록 수고 했었다.

어버이는 그대를 지극히 사랑하지만 그대는 그 은혜를 생각하지 않고, 자식이 조금이라도 효도함이 있으면 그대는 그 이름을 들어 자랑하려 든다. 어버이를 대하는 데는 어둡고 자식을 대하는 데는 밝으니 그 누가 어버이의 자식 기르던 마음을 알겠는가? 그대에게 권하노니, 부질없이 아이들의 효도를 믿지 말라. 그 아이들의 어버이가 바로 그대인 것이다.

그대가 새벽에 시장에 가서 떡과 과자를 사는데 부모에게 드렸다는 말은 들리지 않고 자식들에게 준다는 말은 들었다. 어버이는 아직 먹지 않았는데 자식이 먼저 배부르니, 아들의 마음은 아버지가 자식 사랑하는 마음에 비할 수가 없다. 그대에게 권하노니 떡 살돈을 많이 마련하여 살날이 얼마 남지 않은 늙은 어버이에게 봉양하라.

절에 가서 교회에 가서 제 자식 잘되도록 축원하고 기도하는 것은 많이 보고 들어도 부모를 위하여 축원 하고 기도하는 것은 왜 그다지 어려운가. 하물며 불쌍한 이웃을 위하여 진정으로 기도한다는 말을 들어 본 적이 없도다.

그래도 무엇이 잘 안되면 하늘 원망은 잘도 하는구나.”

참으로 그렇구나. 결심 단단히 해야지.

내가 너한데 하는 편지의 100분의 1만 너의 할아버지 할머니께 마음 쓴다면 얼마나 하늘 아버지께서 기뻐하시고 자랑스러워하실까. 부끄러운 아버지의 자화상을 말씀해 놓았구나.

이 밤도 잘 자거라. 그리고 오늘밤은 한국에 계시는 너의 할아버지와 할머니의 꿈속에라도 다녀 오거라.

오늘은 아버지 친구 중 시인이 있는데
네가 훌쩍 가버리고 난 뒤 시집을 펼 때 한 토막의 시를 실었더구나.
이 아저씨 너 돌 되기 전에 보행기 사준 아저씨인데 알아볼런지 몰라.

못다 핀 영혼 앞에

– 내 친구 영기의 장남 상진이의 빈소에서 –

석유난로의 빠알간 불꽃이
오늘만큼 부러운 적이 없다.
보잘 것 없는 불꽃은 저다지도 제 몸을 태우고 있는데
군에가 비명횡사한 내 친구의 아들
상진이는 싸늘한 저 편에 있다.

향불은
중국 산동성에 장사 갔다가 급보에 돌아와
망연자실 울다 지친 친구의 새우잠을 밝히고
술잔은
이사람 저사람 부어 잔에 넘치지만
젊은 영혼아, 우리 사이는 너무나 멀다
젊은 영혼아, 어이 이리 박절한가.

산목숨들아, 어이 이리도 무정한가.
저 빠알갛게 타오르는 불꽃보다 못하단 말인가
저 빠알갛게 타오르는 불꽃보다 우린 춥단 말인가

– 박 정진 –

아쉬움이 한몫에 밀려오니 그리움이 있을 자리가 없고
애달픔이 갑자기 몰려드니 슬픔이 설 자리가 없구나.
어제와 오늘의 경계가 어디에 있으며 죽음과 삶의 경계는 어디란 말인
가
경계를 들락거리는 자도 많다던데
신통력을 부려서
그 곳에 가 봐야지 오늘은
그래도 너는 내 곁에 있다.
영원히 아버지 가슴속에서 같이 있다.
때론 그림자라도 오랫동안 있었으면 싶다.

아버지가…….

오늘은 석가모니 부처님께서 지상과 천상의 생명체를 나누어 말씀해 주신 것을 적어 보낸다.

1. 난생(卵生) : 조류나 파충류로 허공의 새. 육지의 공룡, 뱀 등이며
2. 태생(胎生) : 사람을 비롯하여 포유류짐승
3. 습생(濕生) : 물·불기운의 조화로 어떤 특정 행위 없이 자연적으로 태어나는 미세한 생명체군(박테리아 등)
4. 화생(化生) : 이미 어떤 모습으로 태어났다가 다시 전혀 다른 모습으로 바뀌어 태어나는 것을 말함.(개구리, 누에, 굼벵이, 애벌레 등을 말함)

인간세계에 비유하자면 어떤 사람이 죽은 후에 영적으로 전생의 모습과 같은 모양으로 현실세계에 나타나거나 꿈에 나타나 환상적으로 존재하는 생령을 말함. 이 분야는 참으로 이야기가 길다.

5. 명색이 있어 태어나는 생령 : 명색이란 어떤 형상을 갖고 있는 존재를 말하는 것으로서 삼계 가운데 색계에 머무는 영혼의 세계이며 색은 현실세계를 말하며, 현실세계에서 가질 수 있는 주착심 과 분별 심을 완벽하게 여의지 못한 체 천상의 세계에 영적으로 머무는 생령을 말하며
6. 명색이 없이 태어나는 생령 : 삼계 가운데 무색계에 머무는 영혼의 세계, 무색은 허공법계를 의미한다. 세상의 일체욕심을 항복받고 완전한 해탈을 얻어서 무색계에서 유유 자재하는 생령을 말하며
7. 유상 : 무색계 중에서도 일체 욕심을 소멸하고 초연 자재하는 힘을

갖추었으나, 아직 무색계의 도인이 되었다고 하는 마음이 머물고 있는 심상을 말하며, 비록 특별히 붙잡고 있는 어떤 생각은 없어도 잠재의식의 세계, 무의식의 세계에 아직 사려하는 마음이 있는 것을 말한다.

8. 무상 : 무색계 중에 머물되 무색계의 도인이 되었다고 하는 생각도 놓아버리고 비고 빈 성품의 근원에 돌아가 본래의 하늘자리에 합일한 생령을 말하며

9. 비 유상 비 무상은 마치 천상세계에 한 생각 있음도 아니요 한 생각 없음도 아니면서 그대로 실존하는 구경처의 생령을 말하는 것이다.

구경처란 하느님과 같은 0적 존재로 머무는 곳을 말한다.

즉, 도(道)에 이르고 말씀에 이른 자의 생령을 말하는 것이다.

예수와 석가 등 하늘 아버지의 뜻을 완전히 실천한 자들이 이 존재로 보면 정확할 것이다.

천지는 무위로 운행되며 무념으로 작용하기 때문에 천지가 수용하는 은혜와 복덕이 무한한 것같이 우리도 국한 없는 빈 마음으로 상대의 개념 없이 어떤 소견도 갖지 않는 무보상의 마음으로 다른 이웃을 도우면 그 복덕은 생각으로 헤아리지 못할 만큼 큰 존재의 생령들을 말한다.

성경의 말씀 속에 왼손이 한 일을 오른손이 모르게 하는 그러한 경지의 영적존재라고 봐야겠지. 보통의 사람들은 이웃을 위해 좋은 일 하는 것 자체도 어려운데 그것을 하고 자기를 나타내지 않는 심성은 정말 아름답고 높고 큰가보다.

오늘 이야기는 해줘도 좀 어렵긴 하다만 깊이 새겨 더듬어 보면 알 수

있다. 실천하기 어려워서 그렇지.

  네가 조금 더 깊이 있게 쉽게 이해할 수 있게 심우도(尋牛圖)에 관한 것
도 함께 해줄게. 심우도는 사찰의 벽면에 반드시 그려져 있는 그림중의 하
나인데 인간이 구경 처(하나님께서 바라는 최상의 인간상)를 찾아들어가
는 모습을 단계별로 나누어 그림으로 해석해 놓은 것이다.

  1. 자기의 본래 마음자리인 소를 찾아 나서는 심우 :
  하느님께서 인간으로 점지해 주실 때 받아 내린 마음자리를 소로 비유
한 것이다. 왜 하필 소로 비유한 것이냐 하면, 외형상으로 소는 늘 봉사만
하다가 죽어서도 몸 어느 것 하나 버릴 것이 없어 보시하는 존재로 보는
까닭 때문이며 내적으로는 우주의 근본적인 소리 (생명이 움트는 소리, 뭇
별들이 뭇 은하계가 회전하는 소리, 엄마를 찾는 뭇 동물들의 울음 소리)
가 흡사 송아지가 엄마를 찾는 소리와 닮았다 하여 시작된 것이며, 예부터
한 소식(깨달음의 경지에 이름) 했을 때 모든 성자들이 그 소리를 들을 수
있었기 때문이다.
  2. 소는 아직 못 보았으나 소의 발자취만 발견한 견적
  3. 소를 발견하는 見牛
  4. 마침내 소를 얻는 득우(得牛)
  5. 소를 길들이는 목우(牧牛)
  6. 길들인 소를 타고 본래의 마음자리로 돌아오고
  7. 마침내 소를 얻었다는 생각마저 없는 자리에 이르는 것(忘牛在人)
  8. 소를 얻은 사람조차 인식하지 않으니 얻은 소도 없는 경지(人牛見忘)
  9. 소도 사람도 없으니 그대로 본래 자리로 돌아온 경지
  10. 중생과 부처가 둘이 아니니 다시 생활로 돌아가는 경지

예수가 외치고 실천한 위대한 업적이 열 번째의 구경 처를 얻었음을 말하는 것이니라.

곧 그리스도로 변하였으며 진실로 말씀의, 빛의 ,거룩한 창조주의 아들로, 위대한 스승으로 인류의 가슴에 깊이 각인되어지는 것이다.

모두가 이 경지에 오를 수 있으며 이를 증명해 보이신 이가 예수다.

불교의 석가모니 부처가 불교를 만들지 않았고 예수가 기독교를 만들지 않았지만 그 분들의 말씀과 실천한 위대한 삶은 후대 사람들에 의해 각기 나름대로 해석되어 세계로 펼쳐져 나간 것이야. 다양한 교리의 종교로. 왜냐하면 누가 봐도 진실 되고 참되기 때문이다. 부처가 그리스도이며 그리스도가 부처다. 의미가 같은 것이다. 즉 크게 깨달아 실천으로 옮긴 자라는 뜻이다.

오늘 이 땅에 사는 모든 인류는 각 종교의 교리에 얽매여 문을 닫고 빗장을 칠 것이 아니라 풀고 열어 서로 깊이 있는 교류로 확대해석하고 교감하여 진정으로 하늘 아버지께서 아름답게 보이는 그런 자가 되어야 한다고 본다. 하나님의 참 진리를 전하는데 차이가 있으면 얼마나 있겠느냐.

너 역시 신명계에서도 이와 같은 가르침이 있거든 개의치 말고 모든 종교의 위대한 말씀들을 알뜰히 배우고 익혀 탁 트인 소중한 하느님의 아들이 되길 바란다.

다시 한 번 강조하지만 부처님의 말씀도 유연히 들을 줄 알고 예수님의 말씀도 유연히 들을 줄 알고 증산(甑山) 선생님의 말씀도, 어린이의 말도 유연히 들을 줄 알고, 새소리·물소리도 유연히 들을 줄 알아야 한다.

그리고 더욱 중요한 것은 마음에 울리는 자기 양심의 소리를 솔직히 들을 줄 알아야 한다.

이것이 정말 중요하다. 보통의 사람들은 먹이 때문에, 이익을 더 챙기기 위하여, 집단의 보호로부터 소외 당할까봐 양심을 속인다. 그리고 잊어버린다.

무엇을 잘못했는지도 모르고, 다만 지혜롭게 대처했다는 생각만 한다.

땅에선 아버지가 천상에선 네가 우리 건배하자!

보다 많은 사람들이 양심의 길을 따라 살아 갈 수 있도록 도와주기 위하여…….

오늘의 술은 뭐로 할까.

포도주, 막걸리, 맥주, 소주 중 네가 당기는 것 하자.

아버진 본래 아무 술이나 다 좋아하잖아.

취하지도 못하면서…….

오늘의 격언

"여색 피하기를 원수 피하듯 하고 바람 피하기를 화살 피하듯 하라. 빈속에 차 마시지 말고 한밤에는 밥을 적게 먹어야한다." -이 견지(중국 송대의 설화집)

편지.20
잃어버린 역사 속으로

오늘은 우리 민족의 잃어버린 역사를 일러 줄 테니 그곳에서도 혹 모르는 자가 있으면 교육 좀 시키려무나.

네가 고등학교에서 배운 반만년 한 민족의 역사가 얼마나 왜곡되어 가르쳐 지고 있는지 다음 이야기를 읽으면 쉽게 이해될 것이다.

일제의 강점시기가 36년으로 알고 있지만 실제는 민비 황후가 일본의 낭인들로부터 무참히 살해된 1894년으로 봐야 한다.

그것은 실질적인 모든 권한이 다 빼앗긴 시기이기 때문이야.

문서상은 1910년부터 1945년이지만 말이야.

일본은 일찍이 명치유신을 단행했을 뿐만 아니라, 그 전부터 각국의 선교사들과 풍랑에 휩쓸려 들어온 각국의 상선어선들이 들어오면 대접을 잘하여 각국의 문화를 배우고 익혀 서구의 앞선 문물을 받아들였고 그 당시 조선은 사색당파의 논쟁 속에 쇄국의 정책을 고수했지.

아니, 쇄국이라기보다 청나라의 지시에 따랐다고 봐야지.

다른 말로 하면 요즘도 미국사람보다 더 미국을 신봉하고 중국 사람보다 중국을 더 신봉하며 절대적으로 믿고 의지하는 자들이 있는 것처럼 그 당시는 오직 청국 이외에 다른 문물을 받아들이면 그것 자체가 이미 죄인 취급받던 그런 실정이었다.

앞선 문물을 받아들인 일본은 점점 국력이 강력해지고 서구의 많은 국가들 즉, 포루투칼·영국·불란서·스페인 등이 세계 각국에 식민지를 두고 거기서 모은 자금으로 부국강병책을 확대해 나가는 것을 일본이 보고 배워 아시아 전 지역에 그 전형적인 방법을 구사하게 된 거지. 이런 과정에서 발생된 것이 우리나라의 지정학적 중요성을 인지한 청국·러시아·

일본 등이 서로 차지하기 위하여 두 번의 청일·러일전쟁이 터지고 우리는 그 전쟁터가 되어버렸고 급기야 최고 승자인 일본이 우리 강토를 소위 접수한 거야. 한일합방이란 이름으로 강점한 후 조선의 역사부터 문화, 언어까지 모두 말살정책을 폈는데 그 이유는 일본의 역사는 2100년 밖에 안 되기 때문에 어쩔 수 없이 이 엄청난 일을 시작했던 거지. 선생 국(가르친 나라)을 집어 삼키려니 이론적인 근거가 마련되어야 하고 그것을 명분으로 통치가 이루어지기 때문이다. 그런데 더욱이 가관인 것은 조선의 이름 있는 여러 분야의 학자들이 대거 일신의 안전과 영화를 선택하면서 친일로 기울어져 적극적인 협조자가 되었으며 그리하여 그 왜곡은 지나칠 정도로 비약된 것이 단군조선이 신화로 변질되어 버렸다는 것이다.

단군 조선은 신화가 아니라 사실 우리 선조들의 역사야.

해방 후에도 개선 안 되고 있었던 것은 초대 이승만대통령이 일제시대에 부화뇌동한 인물들을 책임을 묻지 않고 새로운 정부의 조직개편에 국정의 중요 직책을 맡겼던 거지. 왜냐하면 지금 당장 급한 것은 새로운 국가를 만드는 것이었고 선진 서구 지식이 들어 있는 자들을 포진할 수밖에 없었겠지. 그리고 다시 2대 3대로 대 물림 하면서 선대의 부끄러운 일들을 들추어내는데 양심을 저 버린 것이지. 다행히도 80년대 들어서부터 한 민족의 뿌리 찾기, 뿌리 회복 운동이 서서히 전개되어 가기 시작했고 2000년대 들어와서는 그 뼈대가 조금씩 잡혀 가고 있어 다행이다.

지금부터는 우리 한 민족의 역사 연대표를 간략히 적어 줄 테니 이것부터 유심히 보고 잘 기억하여 우리의 선조이신 환인·환웅·단군의 역사의 진실성을 분명히 기억하고 나의 뿌리인 선조의 연원을 바로 알고 있어야 한다. 지금도 많은 사람들이 단군이 무슨 미신적이고 조작된 우상인 것처럼 쳐다보는 계층이 있다.

지금도 조국을 등지고 다른 민족의 일원이 되기 위하여(타의 반 자의 반) 이민가는 자들 많이 있다. 씨 내림을 받아온 이 강토를 두고 갈려고 결심했을 땐 그만한 이유가 있지 않겠느냐.

어디를 가더라도 행복하게 살면 되지. 같이 기도해 드리자.

1. 우리 민족뿐만 아니라 세계 최초의 국가인 환국은 기원전 (7199~3898) 3301년 동안 7명의 환인이 다스렸으며, 기록을 보면 연방 성격을 띤 12분국을 볼 수 있다. 평균 470년 정도씩 다스렸다는 계산이다. 수명이 매우 길었음을 말해준다.

  ⓐ 7대 환인 : 1) 안 파견 2) 혁서 3) 고 시리 4) 주 우양 5) 석 재임 6) 구 을리 7) 지 위리환인 이상 7명이고

  ⓑ 12분국의 이름은 1) 비리국 2) 양운국 3) 구막한국 4) 구다천국 5) 일군국 6) 우루국7) 격현한국 8) 구모액국 9) 매구여국 10) 사납아국 11) 선비국 12) 수밀이국

2. 그 다음으로 이어지는 환웅천황이 건립한 배달국 시대는 (기원전 3898~2333) 1565년 간 지속되었으며

  ⓐ 18명의 환웅 · 재위기간 : 1) 배달환웅(94년) 2) 거불리(86년) 3) 우야고(99년) 4) 모사라(107년) 5) 태우의(93년) 6) 다의발(98년) 7) 거련(81년) 8) 안부련(73년) 9) 양운(96년) 10) 갈고(100년) 11) 거야발(92년) 12) 주무신(105년) 13) 사와라(67년) 14) 자오지(세칭 치우천황, 109년) 15) 치애트(89년) 16) 축다리(56년) 17) 혁다새(72년) 18) 거불(48년)으로 그 당시의 수명은 환국시대보다는 그 수명이 짧지만 140~50년 정도 수명을 누린 것으로 기록되어 있다.

3. 그리고 단군 왕검 시대인데(기원전 2333~238) 총 2096년간 제 1대 왕검 단군부터 제47대 고 열가 단군 때까지 이다.

이때에 와서 고조선의 영토를 삼한(진한·마한·변한)으로 나누어 진한은 단군이 직접 다스리고 마한과 변한은 부 단군격인 왕을 두어 다스렸다. 중국의 요·순·우 임금은 단군성조의 일개 제후국이었음을 꼭 알아둘 필요가 있다.

상진아!

단군은 신화가 아니며 실존적 인물들로 한민족의 뿌리이자 근원이시다.

초대 단군왕검의 중요 업적을 간략히 정리하면

B.C 2333년 10월 3일 구환을 통일, 천제에 즉위.

B.C 2285년 성경의 노아의 대 홍수 사건과 동일한 시기에 홍수 발생. 치수함

B.C 2283년 강화도 마리산에 제천단 쌓고 하늘 아버지께 제를 올리기 시작함.

이것이 우리나라의 최고 오래된 제천 단을 만들어 하나님께 제사지낸 행사이며, 이를 바탕으로 고구려의 동명, 부여의 영고, 동예의 무천, 삼한의 상당 제(농경의례) 로 이어져 온 나라의 사람들이 모여 마시고 먹고 춤추고 노래하며 이때를 맞추어 형벌과 투옥을 중단하고 죄수를 놓아 주었다. 이는 고대의 사람들이 농경생활에 익숙해지고 자연의 질서에 순응함으로써 안정을 추구하고 보다 많은 수확과 그 수확물에 대한 하늘에 대하여 감사의 예를 드린 행사이다.

서양의 추수감사절의 행사이다. 우리의 추석의 모태가 된 것이다.

B.C 2267년 순임금이 보낸 우여개 부루태자를 보내 오행(五行) 치수법을 전해주어 홍수를 다스리게 함.

다음은 〈태백일사〉와 〈삼한관경본기〉에 기록되어 있는 초대 왕 검 단군부터 47대 고열가 단군까지의 이름과 제위 기간이다.

1대 : 왕검(93년)　　2대 : 부루(58년)　　3대 : 가륵(45년)

4대 : 오사구(38년)　　5대 : 구을(16년)　　6대 : 달문(36년)

7대 : 한률(54년)　　8대 : 우서한(8년)　　9대 : 아술(35년)

10대 : 노을(59년)　　11대 : 도해(53년)　　12대 : 아한(52년)

13대 : 흘달(61년)　　14대 : 고불(60년)　　15대 : 대음(51년)

16대 : 위나(58년)　　17대 : 여을(68년)　　18대 : 동암(49년)

19대 : 구모스(55년)　　20대 ; 고흘(43년)　　21대 : 소태(52년)

22대 : 색불루(48년)　　23대 : 아흘(76년)　　24대 : 연나(11년)

25대 : 솔나(88년)　　26대 : 추로(65년)　　27대 : 두밀(26년)

28대 : 해모(28년)　　29대 : 마휴(34년)　　30대 : 내휴(35년)

31대 : 등훌(35년)　　32대 : 추밀(30년)　　33대 : 감물(24년)

34대 : 오루문(23년)　　35대 : 사벌(98년)　　36대 : 매륵(58년)

37대 : 마물(56년)　　38대 : 다물(45년)　　39대 : 두흘(36년)

40대 : 달음(18년)　　41대 : 음차(20년)　　42대 : 을우지(10년)

43대 : 물리(36년)　　44대 : 구물(29년)　　45대 : 여루(55년)

46대 : 보을(46년)　　47대 : 고열가(47년)

상기와 같이 47대를 이어온 단군시대에 소리글자이며 조선조 세종대왕의 훈민정음 창제의 기초가 되는 가림토 문자가 만들어졌었다.

다음 가림토 문자를 보면 훈민정음과의 그 연속성(연계성)을 알 수 있을 것이다.

장남!

이 가림토 문자가 오늘날 우리가 사용하고 있는 한글의 원형이다. 이것을 기초로 하여 세종대왕께서 훈민정음 28자로 재 창제하신 것이다.

훈민정음을 창제한 세종대왕의 업적을 폄하할려는 것이 아니고 다만 사실적이고 역사적인 기록을 바로 알아야 한다.

이것을 뒷 받침해주는 증거를 보면

1. 언문은 모두 옛 글자를 본 받아 되었고, 새 글자는 아니다.(세종실록 103권)

2. 이 달에 상감(세종대왕)께서 친히 28자를 지으시니 그 자는 고전을 모방한 것이다.(세종실록25년)

3. 계해년 겨울에 우리 전하께옵서 정음 28자를 창제하시고 간략하게 예의를 들어서 보이시면서 이름 지어 가로되 훈민정음이라 하시니, 글자는 옛날의 전자를 본떠서…….(정인지의 해례서 문중)

4. 언문은 모두 옛 글자를 근본 삼은 것으로 새로운 글자가 아니며 곧 자 형은 비록 옛날의 전문(가림토문자)을 모방했더라도 용음과 합자가 전혀 옛글과 반대되는 까닭에 실로 근거할 바가 없는 바이다.(최만리와 당대 유학자들의 집단 상소문 중에서) 또 더 알아두어야 할 것은 이 가림토문자는 단군 조선의 강역이었던 일본에도 전해져 신대문자인 아히루 문자가 되었고(이 유물은 일본 대마도 이즈하라 대마 역사 민속 자료관과 일본의 국조신인 천조대신을 모신 이세신궁에 보관되어있다).

그 뿐만 아니라 단군조선의 분국이었던 몽고로 건너가 "파스파"란 고대문자가 되었으며, 배달국 분국의 후예들이 살고 있는 인도로 건너가 산스크리스트어와 알파벳과 구라자트문자의 원형이 되었다고 한다.

이처럼 가림토문자의 흔적들은 한단고기 뿐만 아니라 일본, 인도, 몽고 등 단군조선의 강역이었던 나라들에 풍부하게 남아 단군조선시대와 그 영향력을 지금도 우리에게 증언하고 있다.

가림토문자가 만들어진 때는 기록상으로 단군시대 제3대 갸륵단군(기원전 2181년)때 삼랑 을보륵이 지은 것으로 되어있다. 그러니까 지금으로부터 4187년 전이다.

아들아!

한민족 9천년 역사의 진실을 너에게 이야기 해주게 되어 무엇보다 좋다. 왜곡된 민족의 정체성과 정통성을 확인할 수 있어 무엇보다 마음 뿌듯하다.

한 민족사의 국통은 환국(환인 BC 7199~3898) - 배달(환웅 BC 3898~2333) - 조선(단군 BC 2333~238) - 열국시대(북부여 : 원시고구려(AD 239~58), 남삼한(마한 · 진한 · 변한 AD 194~8), 최씨낙랑국(AD 195~37) - 동옥저 · 동예(~56, ~313)) - 사국시대(고구려 BC 58~AD 618, 백제 BC 18~AD 660, 신라 BC 57~AD 668, 가야 BC 42~AD 532)

− 남북국시대(발해·대진국 : 후고구려 668~926, 통일신라 668~935, 고려 918~1392) − 조선(1392~1910) − 대한민국임시정부(1919~1945) − 남북시대(대한민국, 조선인민공화국)

신 명계에서라도 모르는 분이 있으면 가르쳐 드리도록 하고 환인·환웅·단군을 지내신 분들께도 깍듯이 대접하고 받들어 모시기를 게을리 하지 말기 바란다.

조상 모시기를 하늘 받들듯이 잘 모셔야 한다. 간혹 주위에 조상님께 제사 지내는 것을 우상숭배로 인식하고 잘못 알고 있는 사람들이 있다. 이런 사람들은 각 민족의 전통적으로 내려오는 문화의 정수를 몰라서 그럴 것이다.

설날에 부모에 큰절을 하는 민족은 우리 한민족 외에는 없다는 것만 알아도 그러지는 않을 텐데. 이런 큰 절의 습관도 온돌 문화(백제시대에 처음 생겼음)에서 그 기틀이 다지게 되었다는 사실을 알고 있어야 한다. 우리민족은 살아서도 죽어서도 버릇이 되어 큰절을 하는 것이다. 이런 문화의 특수성을 몰랐던 선교사들 눈엔 도저히 이해가 안 되었을 것이고 숭배라는 엉뚱한 개념이 형성되어 갔음을 알면 된다. 산에 봉분을 만들어 놓고 거기다가 자기네 문화에는 없는 무릎을 꿇고 갖가지 음식과 향을 피워 놓고 큰절을 하는 모습을 보았을 때 선교사가 그렇게 생각할 수도 있었겠구나 하는 생각을 해본다.

침대문화에 익숙하고 유목생활을 하는 민족들에겐 산소 앞에서 무릎꿇고 큰절을 하는 모습이 참으로 괴이하게 보였을 것이다. 한군데 붙박이처럼 자자손손 한자리에 머물며 살아온 농경정착민족은 이초원 저초원을 떠돌아 다니는 유목민족의 문화를, 그리고 떠돌아 다니는 그민족이 한곳에 줄기차게 살아가는 농경민족의 문화를 서로 이해하기까지는 아직 서로 멀기만 하다. 참으로 이해부족으로 일어나는 문화간의 작은 태풍이 충돌이 아니고 상호 이해하며 서로를 안아줄 수 있으면 하나님 보시기에 얼마나 아름다운 지구촌 형제들이 될까.

한집안에서 명절날 모여 가족중 일부는 전통적인 제례를 하고 나머지 또다른 가족은 묵상하고 있는 모습을 보고있으면 동서양의 문화가 용광로 속에서 용해되어 통일된 문화의 아름다운 내일을 기약하는것이라 위로하고 싶다.

상진아 !

이러나 저러나 아버진 네가 이땅에 살아온 한민족의 자손이라면 마땅히 큰절하고 제사를 지내야 한다.

아버진 우리의 국력이 부강해지면 세계의 많은 민족이 우리의 아름다운 큰절하는 문화와 제사 문화의 그 깊은 뜻을 알게되리라 확신한다. 인(仁), 의(義), 예(禮), 지(智), 신(信)을 삶의 기본자세로 교육받아오고 지금도 하고있는 이 한민족의 깊은 뜻을. 그리고 빼놓을수 없는 것은 제사의 형식을 통하여 자손에게 은연중 부모에 대한 효성심과 어른에 대한 공경심을 가르치는 살아있는 교육장이기도 한 것이다. 다음 편지에는 제사상에 놓여진 음식 하나하나의 각별한 의미를 적어 보내줄께. 그 속내를 보고 있으면 참으로 우리의 조상님들의 삶의 지혜가 얼마나 순수하고 지극한지를 알게 될 것이다.

우리의 제사 형태는 이러한 문화적 배경 속에서 그것이 바탕이 되어 추석과 설에 그리고 돌아가신 날을 기념하여 맛있는 음식 장만하여 살아생전에 못 다한 효와 살아 생전에 가졌던 서로의 잘못을 뉘우치고 형제 친척이 서로 만나 우의를 다지는 진실로 소중한 시간이지 않느냐. 그리고 더욱 빛나고 아름다운 전통이 그 속에 있음을 알려줄께.

그것은 1970년대 들어서서 우리 한국이 먹고 사는 것을 해결했을 뿐 그 이전 시절에는 너무나 가난하여 먹고 사는 것이 대부분의 가정이 겪어야 하는 숙명과 같은 것이었다.

요즘 너희들에게는 도저히 이해 할 수 없는 일이겠지만 사실이었다. 이러한 시대적 상황이 잘사는 몇 안 되는 가정에서 제사상에 올리는 음식을 풍성히 만들어 이웃에게 나누어주는 미풍양속이 자리 잡고 있었다. 이 얼마나 아름다운 이웃간의 우정이더냐.

즉 제사를 통하여 이웃 사랑을 실천하였지. 또 조상의 제사를 빌미로 서로 떨어져 살던 후손들이 한군데 모여 서로의 정도 나누고 어려움도 해결해주곤 하였다. 또 살다보면 사소한 언쟁으로 혹은 재산문제로 형제끼리 친척간에 다툼이 일어나 말도 안하고 내왕도 없이 지내는 일이 비일비재하게 일어나는데 보통때는 서로의 자존심과 아집으로 양보 못하다가 조상님 제사상 앞에서는 서로 화해하는 아름다운 시ㆍ공간이 거기서 펼쳐지는 것이다. 이것이 바로 지상의 천국이 열리는 시간과 장소가 아니더냐.

돌아가신 조상님의 중재로 마음속의 참하나님을 찾아가는 실로 가치있는 문화임을 알았으면 한다. 요즘처럼 전화도 없고 편지 전달 방법도 쉽지 않은 시절에 제사의 역할은 실로 아름다운 관습이었다. 제사를 지낼 때 향을 피우면 또 안 피우면 어떠하며, 신위를 붙이면 어떠하고 안 붙이면 어떠하냐. 그러한 사소한 일들로 서로 의견을 내세워 싸울 일이 아니라 그 집안의 제일 어른이 하는 대로 화목하게 지내는 것이 무엇보다 중요하다. 너도 잘 알겠지만 유교문화가 성행했던 이조시대에는 제사상에 차려지는 과일과 음식을 두고 이 음식은 안 된다, 저 음식은 안 된다, 배가 오른쪽으로 가야 한다, 대추가 제일 앞으로 놓여야 한다 등등으로 지방마다, 성씨마다 각기 지나친 주장으로 인하여 담을 쌓고 사는 현상이 아주 많았다.

이러한 사소한 분쟁도 깊이 쳐다보면 다 이해할만 하다.

왜냐하면 지방마다 특산물이 달라 그것을 중심으로 좋고 맛있는 것이라 생각하여 조상님제사상에 중요 위치에 배치하려는 것 외에 무엇이 있겠느냐. 이해 하려는 마음이 무엇보다 중요함을 알아두고 실천하는 아들이 되어다오. 세상사에 화목보다 더 중요한 게 없다는 진실하나만 가지고도 해결될 문제라고 이 아버진 생각한다. 또 한 가지 너에게 일러둘 말은 민족과 민족, 종교와 종교, 종파와 종파, 이념과 이념 사이에 서로 배타적이다. 너무 지나치다.

이런 현상의 연유는 간단하고 명료하다.

각 종교인들은 자신의 종교에 대한 순수한 믿음과 교리에 충실하고져 하는 것에서 출발하기 때문이고, 국가는 자기민족을 보다 더 풍요롭게 하기 위해서지 그것을 나무랄 수가 있느냐. 그것은 너무나 당연한 것이다.

제 자식 남보다 더 훌륭하게 키우겠다는데 이 세상에 누가 여기 이의를 달 사람이 있겠느냐. 그러나 한 가지 빠뜨리고 있는 부분이 있다. 상대에게 강요하고 말이 잘 통하지 않으면 총, 칼, 경제적 통제방법으로 우격다짐을 일삼는데 문제가 있는 것이다.

다름 아닌 남에 대한 배려와 이해가 결여되어있기 때문이다. 다른 문화에 대한 이해 부족 때문이다. 그리고 자기 자식만 소중하게 바라보기 때문이다. 자기국가만 잘살려하기 때문이다. 자기종교의 교리만 최상이고, 다른 길도 있음을 인정해 주지 않기 때문이다.

안타까운 현실이긴 하지만 세상이 그렇게 돌아가고 있다.

다르면 다른 데로 다 이유가 있기 마련인 것을 사람들은 그것을 무시하고 자기주장만 한다. 피를 흘리며 싸울만한 가치가 있다고 보는 모양이다. 형제끼리 원수처럼 지낼 만큼 그 가치가 커서 그런가보다. 아니면 천국, 천당, 극락 가는 티켓을 행여 박탈 당할까봐 그런가보다.

하나님을, 미륵님을, 옥황상제님을 그렇게 좁쌀처럼 작고 보잘것없는 분으로 만들어 가는 줄은 사람들이 모르는 것 같구나.

그렇게 함으로서 자기 속의 하나님도 그렇게 만들어 간다는 사실을 잊어버리고 있는 것 같구나. 그렇게 함으로서 패권을 유지할 수가 있다고 생각하기 때문이다. 요즘 한반도를 중심으로 벌어지고 있는 6자회담만 봐도 그러하다. 저희들의 이해에 따라 갈라놓고 지금 와서 오만 짓을 다한다. 참으로 우스꽝스러운 일 아니냐. 아버지 보기엔 자업자득이다. 평화를 위해 전쟁을 일삼는 국가이기주의의 극명한 단면을 보고 있다. 모든 분야가 다 그러하다. 심지어 종교분야마저도 그러하다.

참으로 세상의 이러한 모순을 바르게 가르쳐야 할 이 단체마져 이기주의에 깊이 함몰되어 있음을 본다.

이 땅에서 하나님 보시기에 정의롭지 못한데 어떻게 저 청정한 하늘나라를, 극락을 자기들이 주장할 수 있는지 참으로 모를 일이다. 상진아! 생활환경이 인류의 습관과 그에 따라 전통화되어가는 모습을 극명하게 보여주는 한 사례를 너에게 들려줄게. 이 한 예만 잘 음미해보면 인류는, 우리는, 그리고 나는 타인이 처해있는 입장에 진지하게 서봐야 하는가를 가르쳐 줄 것이다. 너 에스키모인들 알지. 북극과 남극지방에서 살아가는 사람들이지.

이 에스키모인들에게 특수한 문화가 있는데 그것은 다음과 같다.

외지(극지방이 아닌)에서 손님이 오면 구더기 요리와 여자를(남편이 있는 여자) 제공한다. 상식적으로 말이 되느냐. 도덕적으로, 윤리적으로 상상이 되지 않는 일이 아니냐. 그런데 그럴만한 이유가 있다.

다름 아닌 구더기는 에스키모인들에겐 없어서는 안 되는 생존을 위한 절대적인 영양요소이며, 여자를 다른 남자에게 접대시키는 행위는 종족보존을 위해서다. 이게 무슨 말인고 하니 너무나 추운 날씨이기 때문에 에스키모인들은 남성의 정자가 정상적인 활동이 잘되지 않기 때문이다. 그래서 그들은 이러한 방법으로 종족보존의 기능을 확보하는 것이다.

다른 문화권에서 도저히 이해할 수 없는 방식인 이런 문화를 어느 누가 그것을 죄악시할 수 있겠느냐.

이것은 하나의 극단적인 예를 들어서 그렇지 다른 상이한 요인들이 각 문화권에 엄연히 존재한다.

아버지가 요즘 중국에 살고 있으니 한 가지 예를 더 말해 줄게 .

우리나라에서는 어른들 앞에서, 특히 부모 앞에서 담배를 피운다면 어떻게 생각 하느냐. 그런데 이곳 중국에서는 전혀 문제도 되지 않을 뿐 아니라 상대방에게 두 손으로 정중히 권하기는 커녕 담배를 던지기도 한다.

상대가 누구든 그 행위가 예의에 벗어난 것이 아니다.

처음엔 이해가 되지 않았지만 이것이 이들의 문화다. 삶 속에 깊숙이 녹아있는 생활의 한 단면일 뿐이다. 다음은 이웃 일본의 목욕탕 문화다.

근래에 와서 남녀 혼탕이 55세 이상으로 바뀌었지만 옛날에는 원하면 누구든지 혼탕에 가는데 전혀 문제가 없었다. 그리고 가족들이 모두 함께 목욕을 한다. 아버지, 엄마, 아들 ,딸 모두같이. 성인이 된 후에도.

일본의 대중탕에 들어가면 남탕에 여성 청소원이 정리 정돈하러 거리낌 없이 들어온다. 너무나 놀라 같이 간 고종형님에게 물어 보았더니 그 형님 말씀이 한국엔 다르냐고. 참으로 우리는 서로 다른 문화속의 다양한 인류의 삶의 형태를 볼 수 있다. 같은 동양권에서 한국, 중국, 일본이 이다지도 다른데 지구 저편의 색깔 다른 이민족의 삶을 이해하기가 그리 쉽지 않다.

그들 역시 마찬가지고. 이걸 두고 우리의 문화, 관습의 잣대로 해석하려 들고 그것을 질타하고 잘못된 것이라고 우격다짐을 한다면 서로의 관계가 정상적일 수 있겠느냐. 또 다른 재미있는 이야기 하나 더해 줄 테니 잘 새겨보면 우리들의 평범한 삶 속에 자주 만나는 것이면서 시사해 주는 바가 크다. 2004년 성탄절을 기념하기 위하여 아빠가 근무하는 회사에서 간부들과 그 가족들을 위하여 "가정의 행복이 하나님의 진정한 바람"이란 주재로 홍콩의 목사님이 들려준 말씀인데 다음과 같다.

한 가정에서 발생한 사건인데 감자를 삶아서 먹는데 남편은 소금에 찍어먹어야 된다하고, 부인은 설탕에 찍어먹어야 제 맛이 난다고 서로 우기다가 그만 큰 싸움으로 번지게 되고 급기야는 이혼소송까지 가게 되어 판사 앞에서 자초지종을 다이야기 하고 나니까 그 판사가 하는 말이 우리 집은 간장에 찍어 먹는다고 이야기해준다.

물론 이혼 직전의 가정은 정상화되었고 그다음 목사님 말씀이 촌철살인이다.

"이 세상에 많은 가정불화를 쳐다보면 사소하고 보잘것없는 것을 가지고 다투지 세계평화를 위해 싸우는 집은 못 보았다고."

세상일을 큰 틀에서 관망하고 상대를 이해하려고 노력한다면 이 세상에 불필요한 분쟁들은 많이 없어질 줄 안다.

오늘 이야기는 제법 길었다. 조금 지루했을지 모르겠지만 넌 본래 툭 트인 사나이였으니 아빠가 전하고자 하는 깊은 뜻을 잘 새길 줄 믿는다.

그럼 또 편지 할게. 이 밤도 안녕.

오늘도 한마디

"미래를 생각하며 괴로워하지 말라 .필요하다면 현재의 쓸모 있는 지성의 칼로서 미래를 향해 서라. 미래를 생각하며 괴로워 할 필요가 없듯이 지난 과거에 붙잡혀 아까운 시간을 소진할 필요도 없다. 문제는 오늘인 것이다. 오늘을 어떻게 살 것인가가 참으로 궁금하여 지난 일을 되돌아 본 다면 그것은 쓸모 있는 일이다."

-아우렐리우스의 명상록에서-

편지.21
우주 율려(운동하는 음양의 순수핵심)

오늘은 하늘의 구도를 설명하는 황도 12궁의 별자리표를 알려 줄 테니 이곳저곳 다니면서 구경 한번 해 보거라.

상식적인 이야기지만 곰곰이 음미해 보면 이 우주가 이 은하계가 이 태양계가 얼마나 크고 신묘하게 움직이고 있음을 알게 될 거야. 상상을 초월하는 속도로.

달은 지구를 중심으로 공전하고 지구는 태양을 중심으로 자전과 공전하며 돌고 태양계는 우리 은하계를 중심으로 돌고 우리 은하계는 모든 은하계의 중심을 축으로 돌고 있지.

지금 이야기 하고자 하는 황도 12궁은 우리 태양계가 우리가 속해있는 은하계를 돌고있는 자리를 보여주는 것이다. 태양이 도는 자리라고도 하지.

물고기자리	물병자리
양자리	염소자리
황소자리	궁수자리
태양 ● 지구 ●	
쌍둥이자리	전갈자리
게자리	천칭자리
사자자리 처녀자리	

그림에서 보듯이 태양계가 12궁을 공전하는데 걸리는 시간이 26000년
이며 각 성좌에 머무는 시간은 약 2100년 정도이다.

허기야 긴 시간도 아니지.

태양계 제일 바깥에서 도는 명왕성은 태양계 한 바퀴 도는데 264년이나
걸리니 지구는 태양을 한 번 안고 도는데 1년(365일)인데 비해 명왕성의
위치가 멀기도 하겠지만 조금 느림보인가 보다. 이 시대는 물고기자리에
서 물병자리로 옮겨가는 시간대라고 한다.

그럼 우리 은하계가 속해 있는 그 우주 중심을 한 바퀴 도는데 걸리는
시간은 얼마나 걸릴까.

밝혀진 바로는 129,600년 이라고 한다.

상진아!

상기의 운행 도를 숫자로만 보지 말고 입체적으로 생각해 보기 바란다.

별들이 돌고 있는 그 모습을…. 돌고 있는 별을 따라 돌아야 하는 그 위성별은 얼마나 부지런하고 바쁘게 돌아야 하는지 곰곰이 생각해 보거라.

좋은 상상거리가 될 것이며 너 자신을 크게 성장 시켜 줄 것이며 또 너를 겸손하게 만들어 줄 것이 틀림없다. 그 별들이 해내는 일들과 우리가 하고 있는 일들을 비교해보면 겸손해 질 수밖에 없다.

현대과학으로 밝혀진 우주의 모습은 이러하다. 우리 은하계에 별의 총 수가 1천억 개정도 발견되었고, 우리 은하계 같은 은하계가 1천 500억 개 정도이며 아직 발견 못한 것이 수없이 많다고 하니, 저 하늘 중심에 계시는 하느님께 비치는 우리는 우리가 개미나 미생물을 쳐다보는 그런 심정보다 나을 게 있을까?

1500억×1000억 계산기 좋은 것 있으면 계산해 보거라.

=150,000,000,000,000,000,000,000,000 개다(아직 발견되지 않은 것 만 해도 무수히 많다고 현대 과학은 밝히고 있다)

이를 말로 수를 표현 해보면…….

제일 끝자리부터 한번 세어보자.

일 십 백 천 만 십만 백만 천만 억 십억 백억 천억 조 경 해 서 양 구 간 정 재 극 항하사 아승지 즉 15 아승지 개다.

자! 다시 한번 정리하면 이 지구별은 15 아승지 개 중의 하나의 별에 불과하다. 이 통계도 1998년도 과학 잡지에 발표된 현 인류가 발견한 별의 수일 뿐이다.

상진아 !

부처님께서 남겨 놓으신 8만 4천경전중 하나인 금강경에 이 우주의 크기를 수많은 별들의 세계를 우리를 둘러싸고 있는 허공을, 하늘을 항하사

(갠지스 강 유역의 모래알)에 비유한 것이다. 석가모니의 출생지가 인도 (지금은 네팔이다)이기 때문이다. 모래알보다 많다고 말씀해 두셨다.

복잡한 것 싫어하는 사람들에겐 이 크나큰 우주의 진면목을 알 필요를 느끼지 못할 것이다만 현실을 살아가는 우리에게 아무 도움이 안될 것 같은 이 수의, 이 우주의 크기를 마음속 깊이 간직하고 있으면 무엇이 우리의 일상 삶에 도움이 될 수 있을 것인가를 되묻고 싶구나.

빛의 형제들이 아버지에게 속삭여 주신 말씀이 생각난다.

"생각할 수 있는 만큼 자기의 세상이요 생각되지 않는 것은 자기의 세계가 될 수 없음"을,

이 모든 별들이 우리들 자신과 연결되어 있지 않은 것이 없다고 설명해 주면 너도 머리가 아프겠구나.

아들아!

우리 통 크게 살아보자!

이 헤아릴 수 없는 하늘 아래 무엇에 그리 연연할 게 있겠느냐.

우리 주위의 사소하게 우리를 슬프게 하는 것들을 떨쳐 버릴 수 있는 마음을 키워 보는 것이다.

우리를 사소한 일로 질투케 하는 일들로부터 해방되어 버리자.

타인의 성공을 바라보며 진정으로 축하해줄 수 있는 큰 그릇으로 다시 태어나자.

남의 불행을 나의 불행처럼 마음 아파 할 수 있는 참 마음을 가져보자.

만물을 그윽하게 바라볼 수 있는 새 생명의 불꽃을 잉태 시켜보자.

자고 있는 자식을 쳐다보는 부모의 마음자세로 만인을 쳐다보자.

보름달과 초승달이 한 모습임을 우리 익히자.

빛과 그림자가 한 형제임을,

슬픔과 기쁨도 한 자매임을,

화와 복이 한 오누이임을,

복은 화를 등에 업고 있으며 화는 복을 머리에 이고 있음을 알고 있자.

만사에 초연해 지도록 노력해보자.

성령이 충만한 그런 자로 다시 태어나보도록 노력 하자.

초월해 보자.

해탈해보자.

달관해 보자.

득도해 보자.

항상 하나님이 우리 속에 임재해 계심을 증명해 보자.

그리하여 부처가, 그리스도가 되어보자.

상진아!

상기 글을 잘 음미해 보면 이 한마디 한마디의 실행이 갑자기 한 송이 꽃으로 향기로, 시로, 아름다운 곡조로 변하여 광활한 우주로 펼쳐져 우리를 존재케 해주는 율려가 되어 있음을 알게 될 것이다. 신들이 춤추며 반겨하는 그리하여 진정한 하늘 아들이 되는 것이다.

결심하고 또 결단하여 우리들의 세계를, 이 지구별을 무릉도원으로 가꾸어 보자.

이렇게 고상하게 큰소리치고 결심이 대단해도 아버진 마음에 걸리는 게 있다. 어린왕자는 자기별에 두고 온 꽃 한 송이에 물을 매일 주지 못해 이별 저별 여행하며 늘 마음이 편치 않던데, 아직 우리의 이웃에 기아선상에서 허덕이고 굶어 죽어 가는 자들이 있는 한 이것 또한 사치스러운 생각인지 모른다. 살림이 어려워 아파도 병원 한번 가 볼 수 없는 그들을 생각하면 허영심인지 모른다. 자식에게 하루세끼 끼니도 제대로 주지 못하는 이웃이 있음을 생각하면 환상에 사로 잡혀 있는지도 모른다.

부처님 타령, 하나님 타령만하며 복주 시는 그분의 음성에만 관심이 집중 되어 있지는 않는지 돌이켜 봐야겠다.

다시 정신 바짝 차리고 우리의 현 주소를 다시 한번 새겨보자.

이 별들 중 하나인 지구도 한 번 더 생각해 보고. 만약 지구에만 우리와 같은 지성체가 살고 있다면 창조주 하나님은 비효율적인 우주 구상을 하셨음을 알고 계실 것이다.

상진아 이 우주에는 수많은 종류의 지성체가 존재함을 아버진 잘 알고 있다.

너는 이미 다른 지성체들을 만나 볼 수 있었겠구나.

성경구약 중에 전도서에 보면 "헛되고 헛되며 헛되고 헛되니 모든 것이 헛되도다. 사람이 해 아래에서 수고하는 모든 수고가 자기에게 무엇이 유익한고. 한 세대는 가고 한 세대는 오되 땅은 영원히 있도다. 해는 떴다가 지며 그 떴던 곳으로 빨리 돌아가고 모든 강물은 다 바다로 흘러서 바다를 채우지 못하며 어느 곳으로 흐르든지 그리로 연하여 흐르느니라.

만물의 피곤함을 사람이 말로 다 할 수 없나니 눈은 보아도 족함이 없고 귀는 들어도 차지 아니하는 도다. 이미 있던 것이 후에 다시 있겠고 이미 한 일을 후에 다시 할지라. 해 아래는 새것이 없나니, 무엇을 가리켜 이르기를 보라 이것이 새 것이라 할 것이 있으랴. 우리 오래 전 세대에도 이미 있었느니라. 이전 세대를 기억함이 없으니 장래 세대도 그 후 세대가 기억함이 없으리라."

이 전도서의 깊은 의미는 무엇일까?

하느님의 주권적 섭리 즉, 우주의 섭리를 강조하며 사람들이 겸손하게 하나님의 뜻에 순종할 것을 권고하는 내용이라 보면 되겠다.

전지전능하신 하느님의 품은 헤아릴 수 있는 존재가 아니라는 것을 강조하고 있는 것이다. 결코 부도 명예도 권력도 시기도 질투도 자랑도 모두 무상하고 헛됨을 강조하고 있음을 볼 수 있어야 한다.

불교용어를 빌리자면 공 수래 공 수거(空手來 空手去), 빈손으로 왔다가 빈손으로 가는 인생 척 지지 말고 이웃과 다정하게 형제와 우애 있게 잘 지내고 하늘의 이치 맞게 말씀에 부합되게 행동하고 처신하라는 경책의 극단적 표현으로 해석해주고 싶구나.

앞에서 우주의 크기와 시간대를 대충 보았으니 너도 짐작이 가겠지만 우리 인생 7~80년 그것과 비교해보면 무상할 따름이니.

석가모니 부처님께서 해탈 후 우주의 크기를 설명하는 대목이 나오는데 인간세상이 아닌 우주에서의 찰나(일순간)의 개념을 제자들에게 설명해 주신 것인데 다음과 같다.

퍽 재미있는 표현이다.

하늘에 사는 선녀가 지상의 폭포수에 목욕하러 3000년 만에 한 번씩 오는데 그 곳에 옷을 벗어 놓는 큰 바위가 있다.

선녀의 옷자락에 그 바위가 전부 닳아 없어지는 긴 시간을 우주적 관점에서의 한 순간이라고 설명해 주셨다.

선녀가 하루에 수백 번 와도 그렇지 그 바위가 옷자락에 다 닳아 없어지려면 이 지상의 우리는 수 수많은 세대의 세월을 반복하며 살아야 할 시간일진데 하물며 3000년에 한 번씩이면 과히, 부처님의 법문의 경지가 헤아릴 수가 없고 우주의 크기, 창조주의 크기를 표현할 길이 없구나.

말로, 생각으로 표현할 수 없어 제자들이 알아듣기 쉽게 이 우주의 크기를 이렇게 비유하신 것일 것이다. 하기야 우리 태양계가 속해있는 그 은하계의 중심을 한 바퀴 도는 시간이 129,600년이 걸리니 뭐 짐작만 하자.

이것을 속칭 소우주 1년이라고 한다. 우주의 크기를 상상할 수 있는 만큼만 우리도 자랄 수 있을 것이다. 오늘밤 상상으로 우주여행을 한번 떠나보자. 그리고 자기 전에 얼음같이 차지만 진주처럼 빛나는 한마디 되 뇌이며 잠자리에 들 거라.

"얼굴을 맞대고 서로 이야기 하고 있지만, 마음은 천 개의 산이 사이에 있는 것과 같다."

우주의 크기 만큼이나 우리 인간의 마음 또한 크고 넓다. 그것을 바로 바라 볼 수 있어야 한다. 그러나 그것을 눈치 채기가 쉽지 않다.

편지.22
기도란?

상진아!

요즘 기도 매일 하니, 규칙적으로.

매일매일, 아침·저녁으로 하면 좋겠구나. 기도는 하나님과의 만남이며, 진실과의 만남이며, 자신이 한 약속과의 만남이며, 반성과 회개의 만남이며, 겸손과의 만남이며, 부질없는 자랑과의 단절을 있게 하는 아름다운 자신의 영혼과의 만남이며, 자신보다 못한 타인을 배려하는 지고한 순수와의 만남을 반복시켜주는 아름다운 행위이기 때문이다.

상진아! 그곳에서도 공부는 계속해야 하잖아.

박람 다식해야 한다. 이곳이나 그곳이나 마찬가지일거다.

너는 그곳에서 나는 이곳에서 열심히 공부하며 기도하면 서로 뿌리를 같이 두고 있기 때문에 서로의 영적인 성숙을 이루어 갈 수 있음을 너는 알고 있을 거야.

보통의 사람들은 죽고 사는 것이 무슨 결딴이 나서 그것으로 관계가 끝나는 줄 알지만 사실은 보이지 않고 있을 뿐 서로 안고, 안겨 돌고 있는데 몰라서 그렇지 너는 알 것이다.

너의 엄마한테 이것 이해 시키려 아버지 애 많이 썼다. 세상 사람들이 이세상의 죽음이 저세상의 탄생이고 저세상의 죽음이 이세상의 탄생이라는 엄연한 사실을 안다면 그렇게 애석해 할 일이 아니다.

오늘은 중국 서편 중 太平經에 좋은 말씀이 있어 전한다.

"사람이란 만물을 다스리는 우두머리다. 그 중 氣를 다스리는 형체 없는

大神人의 직분은 元氣를 다스리는 데 있고, 神人의 직분은 하늘을 다스리는 데 있고, 眞人의 직분은 땅을 다스리는 데 있다.

그리고 仙人의 직분은 四時를 다스리는 데 있으며, 聖人의 직분은 음·양을 다스리는 데 있으며, 賢人의 직분은 文書를 다스리는 데 있다.

일반 백성의 직분은 초목과 오곡을 다스리는 데 있고, 노비는 그 직분이 재화를 다스리는 데 있다고 하였다.

또 자허원군이라는 분이 남긴 말씀인데 위의 태평경을 보다 사실적으로 표현해 놓은 것이라 같이 적어 보낸다.

"복은 맑고 검소한 데서 생기고 덕은 겸손한 데서 만들어지며, 도는 편안하고 고요한 가운데서 이룩된다. 근심은 욕심이 많은 데서 비롯되고 재앙은 탐하는 마음가운데서 만들어지며, 과실은 경솔과 교만함에서 생겨난다. 또 죄악은 어질지 못함에서 비롯된다.

눈을 조심하여 다른 사람의 잘못을 보지 말고, 입을 조심하여 다른 사람의 단점을 말하지 말고, 마음을 조심하여 탐내거나 성내지 말며, 몸을 조심하여 악한 친구가 따르지 못하게 하라.

무익한 말을 삼갈 것이며 나와 관계없는 일에 참견하지 말라. 임금을 존경하고 부모에게 효도하며 어른을 공경하고 덕 있는 사람을 받들며 어진 사람과 어리석은 사람을 분별하고 무식한 사람을 용서하라. 사물이 순리로 오면 물리치지 말고 이미 지나갔으면 뒤 쫓지 말라.

몸이 불우한 지경에 있더라도 바라지 말고 일이 이미 지나 갔으면 생각하지 말라.

총명한 사람도 어두운 때가 있고 계획을 잘 세워도 마음대로 되지 않을 때가 있다. 남에게 손해를 끼치면 마침내 자기가 손해를 볼 것이며, 세력에 의지하면 재앙이 따른다. 경계하는 것은 마음에 있고 지키는 것은 기운에 있다. 절약하지 않으면 집을 망치고, 청렴하지 않으면 지위를 잃는다.

그대에게 평생토록 스스로 경계하기를 권고한다. 탄식하고 두렵게 여겨 잘 생각토록 하라.

　위로는 하늘이 내려다 보시고 아래로는 땅의 신령들이 내려다 살펴보고 있다. 밝은 곳에는 삼 법이 있고 어두운 곳에는 귀신이 따르고 있다. 오직 바른 것을 지키고 마음을 속이지 말 것이며 경계하고 또 경계하라. 아들아 평생의 좌우명으로 삼아 등불로 삼기 바란다.

편지.23
태양계의 가족들

장남!

오늘은 태양계가 어떤 가족으로 이루어져 있을까 하는 것을 들려줄게.

태양과 그 주위를 돌고 있는 천체를 합쳐서 태양계라고 한다.

태양의 주위에는 9개의 행성과 소행성 등이 돌고 있다.

9개의 행성으로는 태양에서 가장 가까운 차례로 수성, 금성, 지구, 화성, 목성, 토성, 천왕성, 해왕성, 명왕성이고 소행성으로는 2000여 개가 발견 되었는데 주로 화성과 목성 사이를 돌고 있으며 혜성은 500여 개 정도 알려져 있다.

1개월 동안 지구는 태양의 주위를 $29.5°\sim30.5°$ 돌고

달은 지구의 주위를 $29.5°$ 돌며 1초에 1km의 속도로 지구를 공전하며

지구의 공전속도는 30km/sec

지구의 자전속도는 4만km/日

태양계는 초속 17.7km로 은하계 중심으로 돌고 은하계는 큰 은하계의 중심을 초속 250km 속도로 무섭게 돌고 있다. 돌지 않는 것은 아무 것도 없다. 큰 것에서 작은 것까지 대신해서 즉, 지구는 태양을 중심으로 초속 30km로 달리며, 9개 행성을 안고 있는 태양계 전체가 우리 은하를 초속 250km 돌고 있으며 우리 은하계 역시 또 다른 소 은하집단을 달리고 그 소 은하 집단은 우주전체의 은하중심을 돌고 있다. 엄청난 속도로 돌지 않는 것은 아무 것도 없다. 큰 것에서부터 눈에 보이지 않는 초 소립자까지.

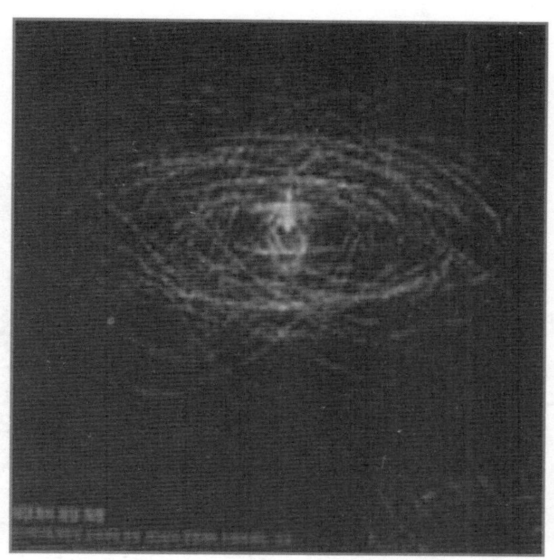

태양계 밖에서 바라본 태양계

흰색으로 보이는 거미줄 같은 것은 지구를 포함해 9개의 행성과 그 주위를 돌고 있는 수많은 위성들의 공전의 자취다.

동영상으로 보면 어떠할까.

서로 부딪히지 않는 것 만해도, 어느 것 하나 본연의 그 길을 벗어나 버린다면 어떻게 될까.

인간들처럼 같이 돌다가 삐지고 질투하며 스스로의 소임을 소홀히 해버리면 어떻게 될까.

아래의 도형은 직관으로 본 우주의 가장 기본이 되는 소 (기)의 움직임과 그 나타난 모양을 나타낸 것이다.

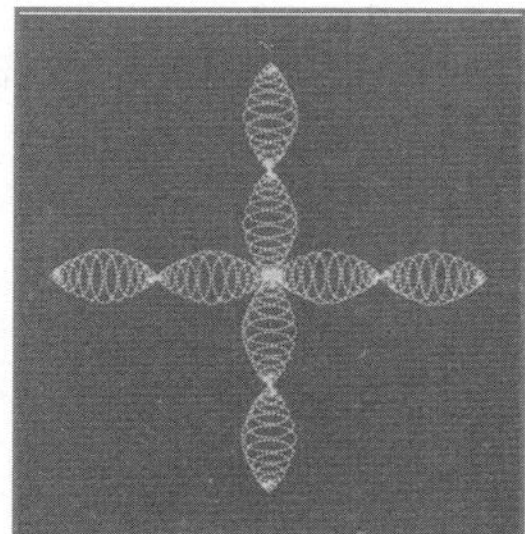

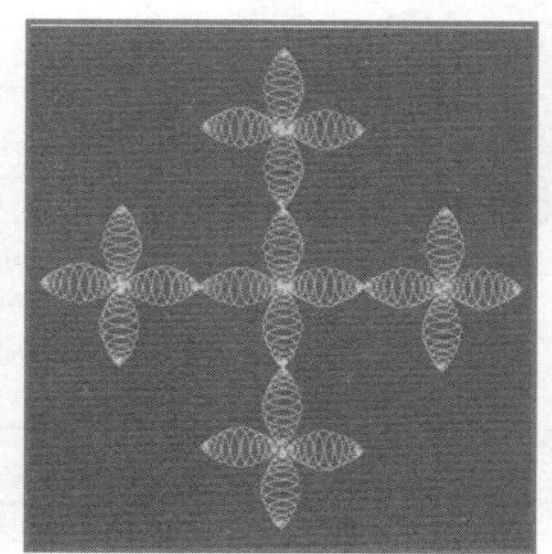

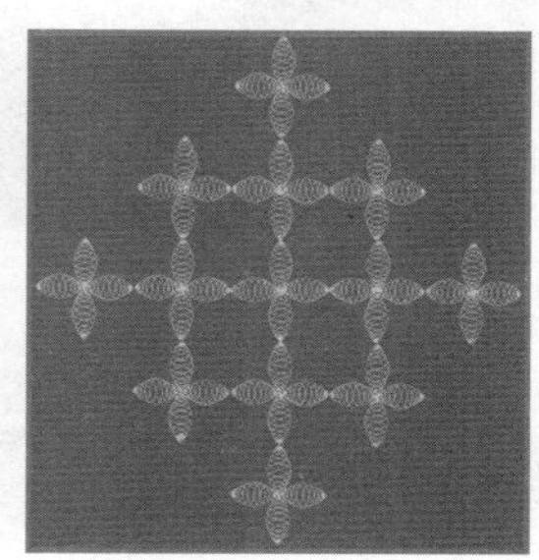

흰색이 엉켜 있는 부위는 모두 태극문양의 형태를 갖고 있는데 그래픽 상 아빠의 미숙으로 제 모습을 표현 하지 못하고 있다.

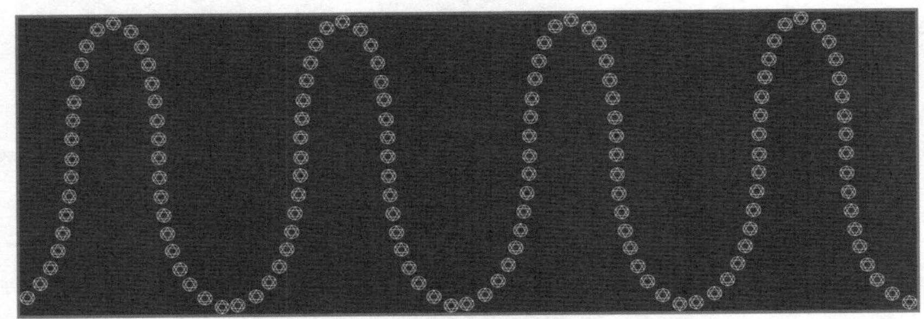

　이 도형은 상기 도형의 여러 개의 나선형 중 한 줄기만 별도로 그려 놓은 것이다. 이것은 기본 입자의 원형이며 황금빛이며 육각형이며 스스로도 지극히 빠른 속도로 회전한다.

　좌측 도형은 우주변화원리의 씨다.
　생명의 원초적인 최소단위의 알갱이다.
　상기의 많은 도형의 점점들이 모두 이것으로 이루어져있다.
　회전할때는 선으로 보여도 정지하면 한개의 점이다. 씨다. 그리고 황금빛 찬란한 알갱이다.

상진아!

은하수외의 상기 도형은 아빠가 해외 (리비아)에 출장 갔다가 지중해 연안 한 호텔에서 아침기도 중 1994년 3월25일부터 며칠간 직관으로 바라본 우주의 가장 기본소인 기운의 회전 모습을 그래픽해 놓은 것이다. 요즘 전문 용어로 3D 그래픽을 못해서 평면의 효과만 나타내 놓은 것인데 우주 만상이 생성되는 가장 기본적인 소립자의 운동 모습이다.

예를 들어 은하수, 태풍, 소용돌이, 회오리, 구름, 눈, 비, 안개, 인체의 형성과정, 각종 동식물의 생성 과정 등이 모두 이 기본적인 회전운동의 법칙아래서 생성과 소멸을 반복하고 있음을 알아두기 바란다.

그림을 각기 분리해서 표현해 놓은 것이지만 실제로 한 움직임 속에 모두 이어져 돌아가고 있음을 염두에 두고 바라보기 바란다. 안에서 밖으로 밖에서 안으로, 위에서 아래에서 보는 위치에 따라 달리 보일 뿐 그 속성은 모두 같다.

세상의 만물의 모습이 각기 달리 보이는 것은 그 조건에 따라 그 순간 조금씩 달리 보일 뿐 실제는 모두 한 몸체다.

그래서 석가모니 부처님께서 보리수 아래에서 득도하시고 우주의 일체의 존재하는 모든 것에 대하여 모두가 내 아닌 것이 없다고 하신 모양이다. 그래서 예수, 석가님이 이웃 사랑을 강조하고 또 강조하였으리라 이 아버진 알겠다.

보통 우리들의 생각은 은하수는 은하수고 별은 별이고 동물은 동물이요 식물은 식물이지 무엇이 같은 존재인지 이해하기 어려운 것이 사실이다.

그러나 우주의 전체의 엉켜 돌아가는 모습을 쳐다보노라면 그 말씀이 이해가 되는구나. 서로 가장 영향을 많이 주고받는 것이 가족일 뿐이지 저 머나먼 별빛하나 우리에게 영향을 주지 않는 것이 없다는 사실을 안다면 쉽게 이해될 줄 믿는다.

여성의 생리현상부터, 바다 밑의 수많은 어류와 생물체들, 육지의 수많은 동식물, 그리고 암컷과 수컷의 생리 발동도 달과 별들의 기울고 짐에 절대적인 영향 아래 있다는 것을 오늘의 과학은 증명하고 있다.

상기의 그림들을 3D 컴퓨터 그래픽으로 나타낼 수 있으면 여러 말이 필요 없이 쉽게 이해시킬 수 있는데 이 다음 이 분야의 전문가를 만나면 보다 정확하게 표현해서 편지로 다시 보내 줄께. 깊이 사색하며 보고 또 보고 이 우주의, 창조주의 신묘하고 현묘한 전능을 마음깊이 새기고 또 새겨주면 보다 큰 세계로의 여행에 도움이 될 줄 안다.

다음은 강 증산 선생님께서 제자들에게 들려주신 말씀인데 같은 의미로 하신 것 같다.

몸과 수족은 한 인체이고 사람과 천지는 한 몸이라. 사람과 천지가 서로 통하지 못하면 기운이 통하지 않으며 천지는 나와 더불어 같은 마음이다.

사람이 천지의 마음을 얻어서 나의 마음으로 삼으면 곧 하나가 된다.

착한 것은 천지가 만물에 내려준 진리요 어진 것은 천지가 만물을 낳고 또 낳는 마음이라. 뜻을 편히 하고 어진 마음을 돈독히 기르면 덕이 넓고 커서 그 사랑하는 마음이 스스로 넓어지니, 어진 마음을 돈독히 함은 천지가 만물을 낳는 마음을 잃지 않음이다.

사람이 다만 칠 척의 짧은 몸으로서 하늘을 이고 땅을 밟으며 배고프면 먹고 목이 마르면 물을 마시면서 사는 것이 전부인지 알 따름이요 하늘과 땅 사이에 해와 달이 뜨고 지므로서 보름이 되고 그믐이 되며 또 가고오며 몸을 뻗치고 굽히는 가운데서 기운이 머리끝에 오르고 발끝에 이르게 하면 정묘하고 미묘하며 넓고 큰데 도달하게 되는 이치가 내 몸 안에 있음인즉 하늘이 나에게 주어서 되는 것인 줄 누가 익히 알겠느냐.

크게는 하늘과 땅이 되고 작게는 곤충과 풀, 나무가 되고 그윽하게는 귀신의 힘이 되고 밝게는 사물의 자취가 되며 맑게는 사람의 지혜가 되고 어둡게는 귀신의 지혜가 된다. 만물이 각각 하나의 성품을 가짐으로서 만 가지 다른 물체도 그 근본은 하나요. 오직 나의 마음을 하나로 모아서 천하

만물을 꿰뚫어 알도록 하라. 사물의 형상이 만 가지로 다를지라도 각자의 형상 가운데는 하나의 공통된 이치가 들어있느니라. 하늘과 땅의 텅 빈 가운데는 만물의 죽은 영혼의 기운이 들어 있지 않는 곳이 없다.

옛 성현들의 기운도 천지간에 가득한 공공의 기운이요, 이른바 조상들의 기운도 공공기운이다. 이 몸이 하늘과 땅 사이에 살면서 반드시 이(理)와 기(氣)가 응결하여 거기서 태어남이니라.

천지 사이에 하는 모든 일은 하늘과 땅과 더불어 서로 관계하고 마음은 하늘과 땅과 더불어 서로 통한다. 성인의 도는 만세에 전하여지고 그 공덕은 만세에 이르나니, 지금에 있어 성인의 마음을 얻음은 반드시 하늘과 땅과 모든 만물의 기운이 진리와 서로 상통함이니 멀리 조상으로부터 지금에 이르기까지 한 기운이 전해 내려오는 이치 때문이다.

상진아!

제자들이 알아듣기 쉽게 말씀해 주시느라 애 쓰신 것이 여기저기 보인다. 그리고 다음은 아버지가 상기의 그림을 직관한 후 너무나 황홀하고 현묘막측한 변화라 언어로는 도저히 표현할 길이 없어 시로서 그 실상을 표현한 것이다.

잘 새겨 읽어 주었으면 한다.

제목은 ; 황금빛 육각형 알갱이

이 우주가 이렇게 아름다울 수가…… 우주 가득한 황금빛 알갱이들의 저 현란한 몸짓을 …….

입자 하나로 시작하여 태초의 문이 열리는 자리이며, 파동의 연속으로 사물을 낳고 성장시키며 토해내는 그 은밀한 자리.

황금빛 파동으로 온갖 물상을 품고 있는 그 자리

진동수의 차별로 물상의 구체적 모습을 드러내는 그 자리

온갖 색상과 향기가 퍼져나가는 근본의 자리

지상과 천상의 수만 가지 소리와 음을 창조해내는 그 자리

때로는 잇기도 하고 자르기도 하며 불꽃처럼 튀어 나가는 그 자리

호흡이 멎고 이어지는 그 자리

카르마(업보)의 고리가 이어지고 뉘우침과 회개가 드러나는 자리

카르마(업보)의 고리가 이어지고 재생산되는 그 자리

천상과 지상이 이어지고 조상과 후손이 함께 숨쉬며 타고 도는 그 자리

태극문의 본체이며 시작인 그 자리

이와 기의 만남의 자리요 기가 이 속에 이가 기 속에 함께 있는 그 자리

무한 속에 유한이 유한 속에 무한이 펼쳐지는 궁극의 자리

음과 양의 탄생자리이며, 음속에 양이 양속에 음이 서로 엉켜 도는 자리

만물이 탄생하는 그 자리

공과 색이 공존하며 생성과 소멸을 끊임없이 반복하는 그 자리

분열과 통일을 주장하며 만물의 정신과 물질이 이루어지는 그 자리

탄생, 성장, 완성 후에 휴식하고 소멸하는 그 자리

상하 좌우로 밀고 당기며 진퇴와 굴신을 연속적, 비연속적으로 만물의 상을 만들어 가는 그 자리

동, 서, 남, 북 으로 안과 밖을 바꿔가며 수축과 평창을 거듭하며 흥망과 성쇠를 주관하는 그 자리.

생노병사와 생장염장을 다스리는 그 자리

때로는 빨아들이고 내뿜으며 혼돈과 질서를 가르는 자리

순리와 모순이 얽혀 돌아가는 그 자리

회전의 방향을 자유자재로 구사하며 때로는 균형을 파괴해버리며, 무질서와 한 덩어리가 되어 돌다가 더하고 빼고 곱하고 나누며 다시 질서의 새로운 모습으로 돌아오게 하는 그 자리

때로는 정원으로 때로는 타원으로 때로는 직선으로 때로는 용수철 모양

으로 끊임없이 돌고돌며 수직으로 치달으다가 수평으로 조용히 흐르다가
갑자기 서버리는 그 자리

중앙에서 밖으로 밖에서 안쪽으로 안쪽에서 바깥으로 밀고 당기며 끌고
가는 그 자리

때로는 쌓고 쌓으며 도는 자리 그러다가 갑자기 무너뜨려버리는 그 주
체의 자리

온갖 슬픔과 비탄이 기쁨과 희열을 뒷등에 업고 돌아치는 그 자리

사랑도 이별도 함께 뿌리며 더하고 빼고 곱하고 나누며 나아가는 그 자
리

그리움도 아쉬움도 미련과 후회도 기대와 소망도 한꺼번에 무너뜨리고
짖는 그 자리

증오와 복수심도 만들고 애정과 사랑, 자비도 뿌리는 그 자리

현란함과 황홀함의 극치를 보여주는 그 은밀한 창조주의 손놀림과 의지
가 있는 그 자리

1994년 5월 18일

아버진 이 직관의 우주여행을 마치고 나서부터 치유의 능력과 우주로부
터의 메시지도 수신할 수 있게 되었다.

여기에 빼 놓을 수 없는 한분 스승님(김 준원)이 계신다.

그분은 지금 지구별에 안 계신다.

인류의 미래를 참으로 많이 걱정하시고 많은 이적과 기행을 행하시며
이웃을 돌보다 가셨다.

그분은 나의 영성에 불을 지펴 주셨다.

아버지에게 이런 재주가 생기자 이런 현상을 두고 주위의 사람들은 대
략 다음과 같이 아버지를 바라본다.

1. 신이 내렸다. 무당에게 내리는 신 내림을 뜻하고 있음을 눈치 채고 있

습니다. 무당에 대한 편견 때문에 안쓰러운 마음을 가지고 조심스럽게 말합니다. 귀신이 씌인 것 같은데 말을 바로 해주기가 거북스러워하는 사람도 있었다.

2. 각 종교마다 각기 다른 이름이 있지만 일반적으로 방언의 범주에서 생각하는 분들도 있고

3. 내용으로 대충 분류해보니 치유의 은사가 내렸다.

4. 외계문명의 지성체로부터 온 것 같다. 무언가 분명한 존재로부터 지상의 인간 세계에 전달하는 역할을 한다. 전문용어를 굳이 쓰자면 채널인이다

5. 성경에서 자주 등장하는 선지자다.

6. 일종의 예언이다.

7. 재미있는 친구는 '야! 이놈아 전생에 명의 이었던가보다', 아니면 '과학자 이었는가보다'.

8. 가장 추켜 세워주며 하는 말 중에 하나님이 너를 통해서 앞 세상의 일과 현재의 인류에게 경책의 말씀을 주시는가보다.

9. 교회에도 열심히 안 나가는 것 같고 교회 가기 전에는 절에도 열심히 다니더니만 그리고 때로는 성당에도 가자하면 덜렁 따라가고 이슬람 사원에도 친구따라 기웃거리더니 이 녀석 잡신이 들어 왔는가보다고 농담하는 친구도 있습니다.

10. 지금은 고인이 되셨지만 한울문화원의 큰 스승님 김 준원으로부터 기술 영을(자동기술을 할 수 있는 특이 공능을 부여 받는 거) 받고 나서부터이니 특이한 은사를 받은 것이 틀림없다고 부러워 하는 사람도 가끔 있었습니다.

이 열 가지의 부류의 인식에 아버진 다른 의견을 말해 주기 전에 다음과 같은 생각을 하게 되었다.

아! 사람들은 자기의 사고 틀에서 바라 볼 수밖에 없다는 것을 이해하게

되었다.

스스로 경험해보지 못한 것은 이해하기 쉽지 않다는 것을 알게 되었다.

오늘 너에게 그 존재들에 대해 상세히 이야기 해줄까 한다.

어렵다만 잘 새겨 보면 이해가 될 것이다.

2004년 5월 15일자로 너에게 보낸 편지 내용 중에 부처님께서 이우주의 크기를 설명해준 대목이 있을 것이다.

그 내용을 압축하면 3000년 만에 한번씩 선녀가 이 지상의 폭포수에 목욕하러 오는데 옷을 벗어놓는 그 큰 바위가 선녀의 옷자락에 다 닳아 없어지는 그 장구한 세월을 이 우주전체에서 보면 한순간이라고 설명해주신 내용이다.

그만큼 우주가 크다는 것을 설명해 주신 것이다.

한 순간을 바라보는 우리의 인식과 의식의 체계로서 받아들이기가 참으로 쉽지 않은 일이다. 그러나 이 시간 개념의 정립이 안 되면 너도 아버지의 이 중요한 이야기를 이해하기 어려울 것이다.

가능한 쉽게 설명하도록 노력할게.

어떻게 하면 쉽게 너를 이해시킬 수 있을까.

과거 현재 미래의 관념부터 시작해보자.

과거는 지나간 것이요 현재는 지금 이순간이다.

그리고 미래는 이순간의 다음을 이야기한다.

여기까지는 쉽다, 그자.

그런데 이 시간을 부처님 같은 시각에서 바라보는 자와 우리들 일반인들이 바라보는 시간 개념이 같은가 다른가다.

너는 어떠냐.

같이 보느냐, 다를 것이라 보느냐.

또 다른 예를 들자면, 세례 요한이 2000년 전에 천국이 가까이 왔다 하였고, 여기서 세례요한의 말씀하신 가까이이란 시간개념을 우리는 어떻게 바라보느냐.

이것이 관건이다.

사람마다 다르다.

이 두 분의 시간의 개념은 우리와 다르다는 것을 알아야 풀린다.

우리들의 인생살이 100년이 안되는 이 세월을 그리고 2000년을 3000년을 장구하다고 바라볼 수밖에 없다면 요한과 석가모니는 바라본 세월의 시간 개념을 다르게 사용하고 있음을 알아야 한다.

우리가 눈 깜박하는 순간을 과거 현재 미래로 구분하기 힘들다.

너 생각해 보아라!

지금 우리가 눈을 깜박거리며 사는데 깜박거리는 그 순간순간을 과거, 미래, 현재로 구분하기 힘들다. 그걸 구분하는 자는 더더욱 없다.

그분들의 사고의 수준으로는 몇 천 년의 세월이 우리의 눈 깜짝하는 시간의 관념으로 받아 들여져야 된다는 것이다. 그래야 아버지 이야기가 이해가 된다.

자! 이해가 희미하게나마 되었다고 생각하고 다음으로 넘어가자.

너에게 편지를 자주 쓰고 있으니 이 편지의 역사를 예를 들어 다시 한번 더 쉽게 노력해 볼께.

편지는 문자가 생기고부터 가능한 것이었다.

그전에는 인편으로 구두로 소식을 전하였다. 그리고 난 후 전보가 생겼다. 그리고 텔렉스가 그리고 팩스, 그리고 인터넷이다. 거기다가 동영상으로 서로 멀리 떨어져 있어도 얼굴을 서로 마주보며 소식을 주고받는다. 그리고 놓치지 말고 봐야 할 것이 지금이나 옛날이나 확실히 자기의 의견을 전달하는 방법이 있었다. 이런 통신수단이 발명되기 전에도.

이건 신선들의 세계에서 사용했던 통신 방법이다.

그것이 무엇인고 하니,

요즘 중국 TV연속극에서 무술 극을 자주 보게 되는데 이들이 희미하게

나마 이것을 표현하는 대목이 나온다.

즉, 높은 도력을 가진 무공의 고수가 자기 방에 앉아 붓으로 종이에 글씨를 쓰면 전달하고자하는 제자가 있는 곳이 비록 천리타향에 있어도 제자가 잘 보이는 곳에 쓰여 지는 것이다.

우리나라에도 도인들의 세상에 널리 알려진 우화로서 다음과 같은 내용이 있다.

어느 도인의 제자가 자기 스승을 자랑하는 것인데

"우리 스승님은 강 이쪽에서 종이에 글을 쓰면 강 건너편에 종이를 들고 있는 제자가 받아 볼 수 있다"고.

옛 신선들만 사용하던 이 통신 방법이 요즘은 어느 누구나 그 능력을 노력 없이 우리는 모두 사용할줄 알게 되었다.

인터넷과 팩스가 도인이다. 이시대의 도인.

우리는 모두가 통신에 관한한 모두 도인이, 신선이 되어 있는 것이다.

다시 말하면 차원 상승을 한 것이다.

상진아 재미있냐? 재미가 나야 다음이야기가 들어오는데.

조금 전 나열해준 현재 인류의 최고의 통신 방법이 인터넷을 통한 동영상 통화 방식이었다.

이것으로 멈출까?

앞으로 전개될 더 발달된 통신수단은 무엇으로 대체 될까.

참으로 재미있는 상상거리가 아닐 수 없다.

텔레파시가 될까, 아니면 상상만 하여도 생각만 하여도 전달되어지는 시대가 올까.

간혹 아버지에게 빛의 형제들이 전해주는 메시지 중에 이런 말씀이 있다.

"생각되어지고 공상할 수 있는 만큼만 자신의 세계를 열어 갈 수 있다"고.

너도 아버지에게 다음 이야기를 듣기 전에 읽기 전에 여기에서 이 편지를 덮고 잠자리에 들기전 네가 생각할 수 있는 최대의 상상력을 동원해보고 그리고 내일 계속 보거라.

수학 공부하다가 어렵다고 답 먼저 봐버리면 그다음에 또 해답부터 보게 되는 것과 같다.

잘 자고 많은 것 생각해 보았느냐.

아버진 네가 상상한 것이 대충 이러하다고 생각이 든다.

영감으로, 귀신들이 중재해줄까.

아니면 꿈속에서, 우주인이 혹은 외계의 다른 자성체들이 어떠한 형태의 도구를 사용하지 않고 아버지한테처럼 전달할까.

모두가 아니다.

우리들의 상상이 다가설 수 없는 우주의 비밀의 문이 있는 것이다.

이러하다.

앞으로는 지구를 둘러싸고 있는 기운대(광자 대)가 완전히 바뀌는 것이다. 지구의 위치 변화도 함께 일어나는 것이다. 23.5도로 기울어져 있는 것이 갑자기 정축이 되는 것이다. 그래서 별의 위치가 해와 달의 뜨고 기울어지는 위치가 달라지는 것이다.

참으로 놀라운 변화가 아닐 수 없다.

정축 역시 일정 시간이 지나면 또 다시 기울어지는구나! 좌, 우로 바꿔가면서.

삼계가 한 통이 되어 어우러져 살아가는 것이다.

그리하여 이심전심, 염화시중으로 자기의 전하고 자 하는 모든 뜻이 그대로 전달되는 것이다.

모두가 불교용어로 성불하는 것이다.

기독교 용어로 성령이 임하는 것이다. 휴거가 일어나는 것이다. 휴거를 들어져 올림으로 알고 있지만 하늘이 하강하는 것이다, 지상이 하늘나라가 되는 것이다.

모두 하늘나라에 살아가는 기회가 주어지는 것이다. 천국이, 극락이, 천당이, 무릉도원이 지상에서 펼쳐지는 것이다.

실로 상상하기 어려운 세상이 목전에 전개되는구나. 실로 믿기 어려운. 지금처럼 지혜롭게(?) 사람과 사람끼리 서로를 속일 수 있는 술책과 술수는 아무 쓸모없는 그림자가 되는 것이다.

서로가 상대가 생각하는 것이 무엇인가를 알게 되는 것이다. 그리하여 인류는 자신들의 노력 없이 차원 상승을 하는 시간대에 와있다.

지금은 그 시간대의 마지막 숨 가쁜 전환과 변화의 공간적 시간적 종장에 들어 서있다. 영적인 세계가 어떤 것인지를 알게 되는 그 시간대 말이다. 불경과 성경은 말세로 종말로 표현하고 있지만 알아듣기 쉽게 그렇게 표현한 것이다.

종말은 없다. 대변화를 종말이라, 말세라 해도 그렇게 틀린 말은 아닌 것 같구나. 왜냐하면 상상하기 싫은 대 재앙이 우리를 기다리고 있기 때문이다. 그러나 깊이 쳐다보면 재앙이라 말하기도 어렵다.

가을이 되면 낙엽이 지는 것과 같다. 다음해의 거름이 되기 위하여 다가오는 새봄의 새싹으로 태어나기 위하여 우리는 그렇게 윤회의 머나먼 길을 떠나는 것이다. 그래서 빛의 형제들의 말씀 중에 태어나고 성장하고 열매 맺고 휴식하는 생장수장을 우주의 영원한 굴렁쇠라 일러 주신 것이다.

다시 말하면 지구에 어떤 지역에 봄, 여름, 가을, 겨울이 존재하다가 다시 순환하며 열대지역으로 혹은 한대지역으로 그 위치를 달리하는 것과 같은 논리다.

우주변화의 법칙을 쉽게 설명해 주신 것이다.

반복해서 일어나는 우주의 속성이다. 그래서 요즘 간혹 고고학계에서 발표하는 내용들 중에 춥고 추운 툰드라지역에 야생동물들의 흔적을 이해 못하고 여러 가지 추측하는 것이다.

우주는 큰 틀에서는 129,600여 년만에 그다음은 26,000여 년만에 제일 작은 주기 2,100여 년만에 인간이 상상 할 수 없는 대 변화를 겪는 것이다. 지구가 1년에 4계절의 변화 속에 있는 것과 같다. 열대와 한대만 있는 곳도 있다만.

좀더 쉽게 이야기하자면 구약성경속의 사람들의 수명이 요즘 우리와 다름을 읽을 수 있다. 그리고 우리의 역사 속에 환인, 환웅, 단군 성조님들의 제위기간을 보면 우리들 현재의 인류와 그 수명이 다름을 쉽게 발견 할 수 있다.

아버지가 언젠가 너에게 편지한 내용 중에 태양계가 우리의 은하를 돌고 있는 12별자리(물고기자리, 물병자리, 양자리……)를 잘 이해하면 이 아버지 설명이 이해될 것이다.

그 별자리 하나 지나가는데 2,100년 정도 그리고 한바퀴 다 도는데 26,000여 년정도임을 알 수 있다.

더욱 놀라운 것은 이 태양계가 12 성좌를 공전하는 속도가 초속 250km로 달리고 있다는 점을 꼭 기억하고 상상거리로 삼아봐야 실감이 난다.

시속이라도 놀라운데 초속이다.

26,000년의 긴 세월을 초속 250km로 달리면 도대체 그 공전의 한 바퀴 거리는 얼마나 된다는 것이냐.

이것은 너 혼자 계산해 보면 좋겠다. 직접 해 봐야 개념이 바로 설 것이기 때문이다. 지금은 물고기자리에서 물병자리로 넘어가는 길목에 서 있다. 2,100년을 주기로 인류의 수명은 길었다, 짧았다 하는 것임을 알기 바란다. 태양계 전체가 자리바꿈을 하면 그 속의 가족들도 자연히 자리를 옮기게 되는 것이다. 환경이 바뀐다는 말이다.

이 자리가 지구용어로 말하면 봄, 여름, 가을, 겨울 위치가 각기 위치마다 조금씩 달라지는 것이다. 다시 말하면 2,100년마다 달라지는 기운대(광자 대)가 모든 것을 좌우해 버린다. 봄, 여름, 가을, 겨울이 모든 삼라만상의 변화를 주관해 버리는 것과 같다. 이것은 기도로 이루어 질 수 없는 영역이다.

늦은 봄에 여름이, 늦은 가을에 겨울이 오지 않도록 아무리 기도해도 소용이 없는 것과 같다. 이 변화의 길목에선 어떠한 신도 개입이 불가능하다.

우주의 섭리를 다스리는 창조주마저도 이 큰 틀의 변화를 멈추게 할 수 없는 절대 영역이다.

창조주 스스로 지은 이 기본 틀을 바꾸지는 않을 것이다. 또 명심할 것은 그 한 바퀴 도는데 12성좌를 4등분하여 4계절로 나누어져 있다는 것을 알아야 한다.

지금 이 시대는 즉 태양계가 돌고 있는 계절이 여름을 지나 가을이란 계절에 들어섰다. 그래서 지금부터는 낙엽은 우수수 떨어져 나가고 알찬 열매만 남는 시간대에 와 있음을 알아야 한다. 이 또한 작은 가을이다.

더 큰 테두리 안에서의 봄, 여름, 가을, 겨울은 129,600여 년을 한 주기로 우리의 은하계가 또 다른 우주의 중심을 돌 때 생기는 4계절이 있음을 꼭 알아야 한다. 정리하면 지구의 4계절, 태양계의 4계절, 은하계의 4계절이 있는 것이다. 그런데 지금 우연히도 태양계의 가을과 은하계에서 찾아오는 가을이 같은 시간대에 와 있다. 이 지구가 대략 3개월 단위로 계절이 바뀌어 간다면, 태양계는 6,500년을, 우리 은하계는 32,400년을 단위로 계절이 바뀌어 가는 것이다.

다시 정리하여보면 지구1년에 봄, 여름, 가을, 겨울이 태양계 26,000년에 봄, 여름, 가을, 겨울이 은하계 129,600년에 봄, 여름, 가을, 겨울이 있다는 것이다.

예를 들어 더 쉽게 표현 하자면 태양계 전체의 봄 6,500년 동안 지구는 6,500번의 4계절을 맞이하는 것이고, 은하계 32,400년의 한 계절이 지나는 동안 지구는 32,400번의 4계절을 겪는 것이 된다.

그렇다고 똑 같이 4등분 할 수는 없다

실로 장엄한 우주변화의 곡예가 저 머나먼 우주 공간에서 펼쳐지고 있음을 가슴속 깊이 각인하면 우주여행에 좋은 나침판이, 지침서가 되리라 본다. 이때의 그 변화는 실로 엄청나 말로 다 표현하기 어렵다.

지구별의 4계절의 변화가 이토록 현현 묘묘한데 이 우주의 4계절의 변화가 어떠할지는 너의 상상거리로 남겨 두고자한다.

이 가을이 지나고 겨울에 접어들면 소위 말하여 인류는 절멸하게 되는 것이다. 빙하기가 도래한다는 것이다. 어떠한 생명체도 살 수 없는 동토의 지구별이 되는 것이다. 은하계의 봄철이 오기 전까지는 지구는 온 통 어름 바다가 되어 있는 것이다.

시각을 달리하여 다른 별 이야기 해줄게.

지금 태양계중에서도 동토로 있는 별들이 있다. 또 다른 은하계에도. 어떤 것은 불과 가스, 얼음 같은 존재로 있는 것도 있다. 이것은 그들의 계절에 알맞은 모습으로 있는 것이다. 그 계절에 알맞은 모습으로 자신을 지키고 있는 것이다. 새로운 자기의 세상을 기다리고 견디며 우주의 섭리에 머리 숙여 있는 것이다.

상진아 ! 여기에 걸맞는 시 한편을 너에게 들려준다.

지은이는 유치환 (1908-1967)
제목은 바위

내 죽으면 한개 바위가 되리라
아예 애련에 물들지 않고
희노에 움직이지 않고
비와 바람에 깎이는대로

억년 비정의 함묵에
안으로 안으로만 채찍질하며
드디어 생명도 망각하고
흐르는 구름
먼 원뢰
꿈꾸어도 노래하지 않고
두 쪽으로 깨트려져도
소리하지 않는 바위가 되리라

아버진 이 시를 많이도 외우며 살았다. 변 영로 시인의 논개와 같이 지금도 외롭고 힘들면 혼자서 중얼거린다. 아버진 이 시를 읽고 외우고 있으면 무슨 일이던 견딜 수 있다고 바위로부터 배운다.

논개의 충의를 통하여 인간의 지고하고 순수한 영혼과 함께 동행하고 있다는 것을 알게 된다. 여기에서 견디는 힘을 얻어가는 것이다.

이분들은 이 두 시인은 이 별들의, 이 우주의 비밀을 다 읽고 이 위대한 작품을 남겼음을 이제야 알게 되었다. 표면적으로는 조국의 상실감을 극복하고 조국을 지키는 한 기녀의 충절을 노래하고 있지만 그 이면에 그분들의 우주관을 눈여겨 볼 수 있기 바란다.

다음은 논개다.

거룩한 분노는 종교보다 깊고
불붙는 정열은 사랑보다 강하다.
아! 강낭콩 꽃보다도 더 푸른 그 물결위에
양귀비보다도 더 붉은 그 마음 흘러라.
아립답던 그 아미 높게 흔들리우며
그 석류 속 같은 붉은 입술 죽음을 입 맞추었네.

아! 강낭콩 꽃보다도 더 푸른 그 물결위에

양귀비꽃보다도 더 붉은 그 마음 흘러라.

흐르는 강물은 길이길이 푸르나니

그대의 꽃다운 혼 어이 아니 붉으랴

아! 강낭콩 꽃보다도 더 푸른 그 물결위에

양귀비보다 더 붉은 마음 흘러라.

논개의 충의와 충절에서, 바위의 그 오랜 세월 침묵 속의 결연한 의지에서 우주의 정신과 몸체를 본다.

우주 율려(돌고돌며 운동하는 음·양의 순수핵심)의 원형을 볼 수 있어야 한다. 그리고 읽을 수 있어야 한다.

다시 별들의 세계로 가보면 지구가 동절기에 접어들면 다른 별들은, 그 오랜 세월을 견뎌낸 바위의 계절이 되는 것이다. 인고의 세월을 견뎌낸 바위의 세상이 다시 열리는 것이다. 인동석이 새봄을 맞이하는 것이다.

그 인동석 위에 초원이, 수많은 그리고 다양한 수목들이, 수많은 생명체들이 다시 찬란하고 따스한 햇빛 속에 새로운 생명의 꿈을 펼쳐 나가는 것이다.

그 별들이 하나님의 호흡을 다시 느끼며 은총을 받는 것이다.

그리하여 탄생한 그별의 인류는 구약성경의 창세기를 다시 쓰게 될 것이다. 그별의 인류가 이해가 되는 창세기 말이다. 이것이 돌고 도는 우주의 법칙이다. 그럼 다시 너와나 태양계 여행을 떠나보자.

태양계의 별들이 수성, 금성, 지구, 화성, 토성, 천왕성, 해왕성, 명왕성 9개의 별들로 구성되어 있다고 앞에서 말해 주었다. 실제는 더 있다. 다만 발견 못하고 있을 뿐이다. 각 별들이 거느리고 있는 위성은 빼고다.

태양에서 가장 가까이서 돌고 있는 수성과 가장 멀리서 돌고 있는 명왕성만 다녀오자.

수성은 그 공전주기가 264일이며, 자전주기는 176일이나 된다. 그런 반면 명왕성은 공전주기가 248.54년이며, 자전주기는 6.38일이다.

지구의 공전주기는 365일이며 자전주기는 하루인데 비해 같은 태양계에 같이 있으면서 너무나 다름을 알게 되었다

다른 방향에서 바라보자.

명왕성이 태양을 한 바퀴 도는데 248.54년이 걸리니 지구별의 시간 개념으로 보면 248년이 그들의 일 년이 되는 것이다. 참으로 생각을, 상상을 많이 해봐야 한다. 이것이 일상생활에 젖어있는 우리에게 아무것도 현실적으로 도움을 주는 것은 없어 보이지만 만약 명왕성에 우리와 같은 인류가 생존한다면 또한 그들이 80평생을 산다면 19,883년(7,257,368일)을 사는 셈이다. 그리고 수성에 인류가 존재하고, 그들이 80평생을 산다면 21,120일을 살아가는 것이다. 지구별의 80년은 29,200일에 비해 참으로 차이가 큼을 알 수 있다. 오늘의 태양계 여행은 이것으로 끝내고 다음 시간 내어 다시 다른 별들로 여행해 보자.

생떽지베리의 작품 중 어린왕자에 나오는 주인공 어린왕자처럼 이별 저별 다녀보자. 그리하여 이 우주의 광활함을, 이 우주의 현묘함을, 이 우주의 무궁한 변화를 몸소 익혀보자.

아버진 언제든지 너랑 함께라면 같이 다닐 준비가 되어 있다.

지금 발견된 별의 수가 150,000,000,000,000,000,000,000,000개인데 이들의 공전 주기가 다 각기 다르다. 지구별 기준으로 보면 공전주기가 크게는 몇 백만 년 걸리는 별도 있다. 아니 몇 억 년 걸리는 별들도 있다. 지구의 입장에서 보면 입이 벌어지지만 우주적 관점에서 보면 별로 긴 시간이 아님을 인식해야 한다.

아버진 절에 열심히 다니면서 훌륭한 말씀들을 들을 수 있었는데 대선사들이 한결같이 주신 법어가 "우리인생 일장춘몽이라 마음비우고 살라." 하여 무슨 말인지 이해가 되질 않았다.

그 시절 아버지 속으로 중얼거리기를 매일 이런 식으로 대중을 향하여 법문을(교회에서는 설교에 해당한다)하니 불교를 신봉하는 자들이 늘지 않는다고 투덜거리기도 하였다.

이젠 확연해졌다. 그 법문의 깊은 뜻을.

너도 물론 확연해졌을 것이다.

현대 과학으로 우주에 발견된 1500억 개의 은하계중 한 개의 은하단 크기 (평균치)가 그 지름이 40억 광년이니 짐작되고 남을 줄 안다. 이것을 우리같이 계산해보자.

1광년이 빛이 1년간 가는 거리를 뜻한다. 그러면 수식이 이렇게 성립된다. 30만km(빛이 1초 동안 가는 속도, 거리다)×60초(1분)×60분(1시간)×24시간(하루)×365일(1년)×40억년(한 은하단 지름의 평균)=3,784,320,000,000,000,000,000Km 란 계산이 나온다. 이것이 한 개 은하집단의 크기다.

여기에다 현재 인류가 발견한 은하의 수 1500억 개를 다시 곱하면

3,784,320,000,000,000,000,000km×150,000,000,000=

567,648,000,000,000,000,000,000,000,000,000km이다.

은하와 은하사이의 공간을 염두에 두면 이 우주의 크기를 짐작할 수 있을 것이다. 이 크기도 발견된 것만 이러하다.

장남 !

내가 너를 어떻게 하면 이해 시켜 볼까하고 이 숫자 놀음을 하는 것이다. 이 수의 개념이 모든 사고의 기본이며, 틀이 되기 때문이다.

이 지구별 우리들의 시간개념으로는 이 우주의 변화 법칙을 알기란 그렇게 쉽지 않아 너에게 부처님의 한순간의 개념을 설명해 이해를 도와주고자 하는 것이다.

석가모니 부처님께서 제자들에게 우주의 실상을 사실대로 이야기 해주셨음을 알게 된다. 2,500년 전의 위대한 인류의 한 성자가 지구별 형제들

을 위하여 크나큰 깨달음의 도구를 화두로 던져 준 것이다.

이제 조금 알만하지.

이 내용은 빛의 형제들이 주신 내용과 오늘의 과학이 알아낸 주기가 딱 맞아 떨어진다. 다만 지구별의 과학은 이 주기에 발생하는 결과가 어떤 것인지를 규명하지 못하고 있을 뿐이다.

장남!

어찌 이 크나큰 우주에서 별들의 출렁임이 없겠느냐.

변화무쌍함이 없겠느냐.

이토록 작은 지구별에 천둥과 벼락 번개 태풍 회오리바람 폭풍이 그칠 날이 없는데 이 우주엔들 태풍과 천둥과 번개가 거센 바람이 없겠느냐.

어찌 이 지구에만 봄, 여름, 가을, 겨울이 있겠느냐.

이 광활한 우주에 봄, 여름, 가을, 겨울이 없는 곳이 없다.

다른 말로하면 태어나서, 자라고, 열매 맺고, 그리고 휴식하는 이 대자연의 변화 말이다.

어찌 이곳인들 생성과 소멸이 없겠느냐.

우리에게 탄생과 죽음이 존재하듯 우주 어느 곳도 어떤 별들도 이 탄생과 죽음으로부터 완전히 해방된 것은 아무 것도 없다.

다만 그 수명이 차이가 있을 뿐. 그런데 이 시간대에 살아남아야 하는데 그래야 지상천국에서 살아보는 것인데. 그럴 사람이 별로 많지 않다는데 이 아버지의 슬픔도 빛의 형제들의 고뇌가 있는 것이다.

아버진 곧 어느 시기를 택해서 그분들이 보내준 메시지를 세상에 알려야하는 소임이 주어져있다. 그런데 이 메시지를 전달받고도 실천하는 자가 많지 않음도 알고 있기에 더욱 슬프게 하는 것이다. 남의 이야기처럼 받아들일 것이다. 자신과 아무 상관없는 우주적 현상으로 바라보기만 할 것이다. 그들에게 중요한 것은 지금 이 순간 자신의 욕망을 찾아 끝없는 그 길을 갈 것이다. 너라도 아버지 말 바로 받아 들여야 한다. 그리고 아버지에게 메시지를 전해주는 형제들의 실체는 이렇다.

지구별에서 살다간 영적 존재들과 지구외의 다른 별이면서 지구와 유사한 별들의 영적 존재들이다. 간혹 훨씬 앞선 별의 자성체도 있다. 크게 3부류의 빛의 형제들이 있다. 영적 존재도 육체가 없는 존재만 있는 게 아니다. 육체를 가지고 있으면서도 몸을 떠날 수 있는 존재 전부를 포함하는 것이다. 유체 이탈을 자유자재로 하는 존재 말이다.

때로는 불로, 가스로, 액체로, 기체로 있다가 육체로 화하는 존재에서부터 때론 지구에서 번데기로 있다가 화생하여 곤충으로 변해가는 그러한 형태의 존재까지. 석가모니 부처님께서 2,500년 전 말씀해주신 우주의 생명체를 9가지로 분류한 것보다 더 다양한 존재까지.

내가 2004년 12월 21일에 보낸 편지를 다시 꺼내 보아라.

상세히 기록되어 있다. 그런데 지구상에 살다가 간 영적 존재들은 우리 옆에 늘 계신다. 그분들은 언제든지 도움이 필요하면 아낌없이 도와줄 자세를 갖추고 계신다. 그분들 속엔 예수도 석가모니도 공자도 물론 함께 계신다. 어떤 종교든 수련단체든 우리의 주변에 기적이라고 불리는 현상들을 만나게 되는 것도 다 이분들의 역할로 이루어짐을 강조해 두고 싶구나.

이분들의 화신들을 불교에서는 다른 종교보다 잘 표현하고 있다.

예를 들면 관세음보살, 약사여래불, 지장보살, 동자불 등 33가지의 화신불이 되어 알맞게 도움을 주는 것이다.

기독교에서는 천사다. 그런데 이 세상에 알려지지 않은 성인들이 이 형제들 속에 다수가 같이 계신다. 인류의 역사에 기록이 없는 아무 말씀도 남긴 흔적이 없는 분들 말이다. 우리생각에 별로 관심을 두지 않은 분들도 물론 포함되어 있다.

하늘이 보는 인류의 스승과 인류가 보는 스승에 대한 기준이 다름을 알게 되었다.

아버지가 보기에 하늘은 무엇보다 전체를 위하여, 타인을 위하여 의롭게 살아간 분들을 높이 평가하고 있음을 눈치 챌 수 있다.

인의예지신(仁義禮智信)중 의(義)를 가장 중요시 하고 있음을 알겠다. 그리고 중요한 사실은 이 빛의 형제들이 접촉하고 있는 아버지와 같은 사람들이 지구에 다수가 있다. 메시지를 받고 있는 사람들 말이다. 그리고 보다 많은 지구촌 형제들과 접속하고 싶어 한다. 그분들은 시간과 공간에 별로 구애받지 않는 존재들이다. 시간과 공간을 우리와 다른 개념을 설정하고 계신 것이다. 우리가 진실로 기도하면 들어 주시는 분들이다.

아버진 이 빛의 형제들이 보내준 내용 중 이 말씀을 너에게 전해주고 싶구나.

세상에 어떠한 처방으로도 낫지 않는 병자는 "이해 관계없는 이웃에게 도움을 주라고", 그리고 이어지는 말씀에 "이웃의 꺼진 촛불을 나의 꺼진 촛불보다 먼저 켜주는 그 마음이 천심이 아니겠는가!" 라고 해주신 말씀이다.

이웃을 향한 마음이 자식을 쳐다보는 부모의 마음가짐을 말함이다.

참으로 깊이깊이 음미하고 실천을 요하는 높고 지극히 큰 말씀 말씀이다.

증산 선생님은 이런 존재들을 공공의 기운이라고 말씀해 주셨다. 세월에 구애됨이 없이 늘 우리 주위에 있는 우주심 말이다. 하늘의 본래의 마음 말이다.

이것을 떠받들고 오만 형상을 나타 내는 것이 이 와 기다.

이 두 형제자매의 역할이다.

누구든지 조건만 갖추면 주어지는 하늘의 뜻 말이다. 하늘의 기운이다. 그것의 알갱이가 사랑이다. 자비심이다. 그것이 몸을 드러 낼 때는 황금빛 육각형 알갱이다.

이 마음이 갖추어지면, 이 우주의 크기를 가슴에 담을 수 있는 만큼, 하나님의 품도 헤아릴 수 있으며 그분 창조주의, 조물주의 관념이 제대로 자리 잡게 되는 것이다.

하나님은 그런 분이다 라는 것을 알게 될 것이다.

그리하여 그분의 존엄성을 알아가는 것이다.

그리하여 그분을 경배하게 되는 것이다.

그리하여 우리는 겸손해지는 것이다.

그래서 우리는 충의를 목숨과 바꾸는 그들의 정신을 배워야 하는 것이다. 그래서 우리는 사랑을 몸으로 실천해야 하는 것이다. 그리하여 우리는 우주 가족의 한 형제로 다시 태어나는 것이다. 그리하여 하나님의 참 아들, 딸이 되는 것이다.

상진아!

오늘 편지는 유별나게 길다.

그만큼 중요한 것이기도 하다.

인류는 14세기 때만해도 지구가 둥근지도 자전하는지도 공전하는지도 아무도 모르고 살았다. 코페르니쿠스가 지동설을 주장하다가 종교재판으로 죽임을 당하던 시대였다. 그것도 하나님의 이름으로.

미 대륙을 발견한 콜럼부스와 동방견문록을 남긴 마르코 폴로가 그 시대에선 선지자다.

왜냐하면 그 당시 인류는 배를 타고 망망대해를 계속가면 낭떠러지가 있다고 믿고 있던 시대였다. 선지자가 아니면 그 일을 해낼 수 있었겠느냐. 선지자들의 공통된 모습은 참 진리와 그들의 목숨도 바꿀 수 있는 그러한 정신을 가지고 있다는 사실을 놓쳐선 안 된다.

오늘날 외계문명과 다른 자성체의 존재를 주장하며 지구 동공에 신인류가 존재한다며 뜻을 굽히지 않는 자들과 비교해 볼만하다.

아버지도 저 달 속에 계수나무 한 그루와 토끼 한 마리는 있을 것이라고 우기고 싶을 때도 있다.

아인슈타인의 상대성이론도 호킹의 새로운 개념의 시간과 공간개념, 우주 창조설도 그리고 스필버그의 풍부한 상상력의 수많은 공상 과학영화등도 그들의 자서전을 통하여 고백하고 있다.

직관의 여행을 하고 난 이후에 만들어진 작품들임을.

아버지의 자작시를 네가 이해할 수 있게 되는 날 생애 최고의 행복한 날이 될 것이다.

다음은 프랑스 시인 제이 폴랑의 시다.

깊이 음미하며 꿈나라로 가거라

태양은 우리들에게 빛으로 말하고
향기와 빛깔로 꽃은 이야기한다
구름과 비는 대기의 언어
자연은 온갖 몸짓으로 가을을 얘기하고 있다.
벌레들이 좀먹는 옛 탁자 앞에서
사람들은 가짜 사랑을 말하고 있을 뿐.

어쩌다 밤하늘 쳐다보고 있으면 별똥이 떨어지는 것을 볼 때가 있다.

큰 별똥이 떨어지면 그 시대의 큰 인물이 저승으로 가는 징조로 보곤 하였지.

그러나 아버진 그 속에 너로부터 오는 회신이 있으리라 기다려지는 밤하늘이다.

오늘은 지금 세계적인 식품으로 각광 받는 "김치"에 대해서 세계 영양학회에서 발표된 내용을 적어 보낼게.

김치가 우리나라에만 있는 건 아니다.

중국은 포채(泡菜)라 하고, 일본은 오싱코(新香)라는게 있는데 그것은 단지 무, 배추를 소금에 절여 단맛을 조금 가미해 놓은 것이다.

그런데 한국은 임진왜란 이후에 들어 온 고추와 마늘 등이 가미되는 식품으로 변한다.

이번 세계 영양학회에서 발견된 우리나라 김치의 고유한 맛 중 삭은 맛(제6의 맛이라고도 함)이 서양에서의 짜고, 맵고, 쓰고, 시고, 달고의 5가지 맛이 전부인데 비해 삭은 맛이 별도로 존재함을 알아낸 것이다.

이 감칠 맛(삭은 맛)은 김치가 시어 문드러지는 산패(酸敗) 이전에 나는 그 맛인데 고추속에 들어 있는 주성분이 캡사이신이 그 산패를 막고 삭은 맛을 유지해준다는 것이다.

즉, 고추속의 캡사이신이 야채의 신선도를 유지해 주는 작용을 하면서 겨울을 넘긴 김치가 사각사각하는 신선미를 유지시키는 것이라고 하니.

또한 김치는 몸속의 지방질 분해 작용까지 겸하고 있으며, 더욱 놀라운 것은 고추를 다른 음식에 넣었을 때는 그 작용이 나타나지 않는데 발효된 김치류 속에서만 그런 분해 작용을 한다하니 발효된 김치와 고추는 천생연분인가 보다.

어떠한 과학적 기준치도 갖고 있지 않으면서 그 깊은 맛을 내는 방법을 알아내 보편화 시킨 선조들의 슬기가 사뭇 높게만 보인다.

왜 김치가 세계의 어느 음식과도 궁합이 맞아 가는지 알게 되어 기쁘다. 그 감칠 맛과 삭은 맛에 있다하니. 하기야 남녀관계도 사이가 좋으려면 삭은 맛은 몰라도 감칠 맛은 있어야 좋듯이. 그런데 더 놀라운 것은 SARS(중증급성호흡기증후군)와 AI(조류독감, 조류 인풀루엔자)에도 탁월한 효능이 있음이 밝혀지고 있다.

자기 전에 가져할 마음가짐과 새로운 각오 한마디

"공적인 일에 자신의 개인을 위하는 마음가짐으로 행할 수 있다면 무슨 일이라도 옳고 그름을 가려 낼 수 있다. 하나님과 도를 향하는 마음이 만약 남녀의 첫사랑과 같은 애정으로 임한다면 부처도 되고 그리스도도 능히 되리라."

참으로 그렇다 그자 상진아.
이 밤도 잘 지내 거라.

상진아!

오늘은 네가 보고 싶다. 정녕 만나고 싶다.

그리고 세상 불평도 좀 늘어놓고 싶고 걱정도 하고 싶다.

너와 마주 앉아 한잔 기울이며 이야기하면 시원해지겠는데.

어쩌나!

편지라도 해야지.

이 지구촌의 인류의 대체적인 모습이 동물 세계보다 못한 것 같다.

동물의 세계를 약육강식의 지대라면 그 보다 나은 인간의 세계는 조금 나아야 될 텐데.

더 한 것 같구나.

개인과 개인, 집단과 집단, 종교와 종교, 국가와 국가의 99%가 하늘의 뜻과 다른 방향으로 치닫고 있다.

집단, 종교, 국가 모두 이기주의다. 극단적 이기주의다.

신의 손길이 절실히 기다려지는 요즘이다.

신의 분노를 기다리고 있는 자도 많을 것이다.

바른 소리 할 위치에 있는 자들도 그 집단의 보호 막으로부터 외면 당할까봐 침묵하고 있다. 표현하지 않고도 점잖게 가만히 엄숙한 표정으로 있으면 자신의 뜻을 굽히지 않으며 비굴할 필요도 없으니까. 참 좋은 방법이지……

먹이는 중요하다. 먹이가 모든 진리의 윗분이다. 어른이다. 이것만 듬

뽁 주면 조용해진다. 그런 물결로 꽉 찼다. 그런 시대가 되었다. 그런 동물들이 되어버렸다.

갖가지 동물들이 모여 인간을 성토하며 질타하는 내용의 "금수회의록" (안 국선 저) 이라는 책을 각국 각 민족, 각 종교 지도자 여러분께서 읽어주었으면 하는 아버지의 마음을 너만이라도 알아주었으면 한다.

하늘이 들려주신 오늘의 명언

"술과 이성, 재물과 욕심 네 가지 테두리 안에 현명한 자나 어리석은 자 대부분이 그 안에 갇혀 있다. 만약 누군가가 그곳을 벗어 날 수 있다면 그것이 바로 신선이 되는 길이다"

이 밤도 잘 자거라.

편지.26
천진함이란

　오늘은 너의 엄마가 다니는 교회에서 주관하는 토요한글 학교(주재하고 있는 한국아동들을 위한)에서 생긴 이야기 한 토막 들려줄게.

　학교에서 집으로 돌아오는 도중에 유치원반에 다니는 여섯 살배기 진호라는 아이와 주고 받은 내용이다.

　유치원반에서 만든 종이학을 엄마한테 주면서 선생님 집에 아기가 있으면 주라고 해서

　'우리 집에는 아기가 없어…. 그것을 가지고 놀만한 아이가' 라고 했더니, 그러면 이모나 고모의 아기도 없느냐고 다시 물어서 역시 없다고 했더니 그 아이 다음 질문이 '선생님은 뭐가 있노?' 라며 경상도 사투리 말로 물어온 즉 너의 엄마 왈,

　'나는 아무것도 없다' 고 대답했더니…

　'그럼 선생님은 영감도 없나?' 라고 묻더래.

　그래서 엄마가 황당하긴 했지만 '어! 영감은 있다' 고 대답하고 '그런데 니는 영감은 우째 아노' 라고 물었더니 '우리 집 할매가 할아부지 보고 영감! 영감! 안카나' 그러더래.

　정말 이날 우리 눈물 나도록 오랫동안 웃어 봤다.

　너 떠나고 난 뒤 처음으로…….

오늘의 격언

"사람이 있은 후에 부부가 있고, 부부가 있은 후에 부자가 있고, 부자가 있은 후에야 형제가 있다. 한 집에서 가까운 것은 바로 이 세 가지다. 여기서부터 나아가 구족에 이르기까지 모두가 다 이 세 가지에 바탕을 두고 있다. 이것은 인륜에 있어 가장 중요한 것이니 삼가 돈독하게 생각하라. -언씨가훈 중에서-

편지.27
황금만능의 시대

오늘은 세상에서 기운이 가장 센 녀석에 대해 이야기 해줄게.

아빠가 회사에 다닐 때 그때가 너 아마 4~5살 정도 되었을 때인 것 같다.

사장님(주. 경방상사 한원택)하고 여러 간부님들과 같이 어느 음식점에 갔는데 그 식당 방에 호랑이가 그려져 있는 그림이 한쪽 걸려있었다.

그때 그 그림을 사장님이 보시더니 이 세상에 기운 제일 센 놈이 뭔지 아느냐고 물으셨어. 모두 대답을 못하고 엉거주춤하고 있으니 그 사장님 말씀이 "돈 기운이다." 그러시면서 하신 이야기가 명언이다. '저 그림 속에 있는 호랑이도 돈만 듬뿍 주면 그림 밖으로 나오게 할 수 있다'고 해 주신 말씀이 아직 귀에 쟁쟁하구나.

사회생활 오래하다 보니 그 분의 말씀이 참으로 가슴에 와 닿고 있다.

허기야 호수에 있는 고기도 공중에 사는 새들도 모이 주는 자가 흰색이든 검정색이든 먹이만 주면 모여 드는 것이 자연 이치이니.

하여 인간세상 역시 그 자연의 섭리 앞에 순응하여 살다보니 황금 숭배, 만능주의 사상이 팽배한 작금의 세상임을.

네가 있는 신명계도 마찬가지일 테니,

혹 필요하면 전보 쳐라, 구좌 No. 보내 줄게.

그렇게 하여서라도 너와 나의 끈을 맺어 놓자구나.

추하게 살지 않도록 권고한 오늘의 격언
"부유하다고 해서 가까이 하지 않고 가난하다고해서 멀리 하지 않으면 이 사람이야말로 사람 중의 대장부다.
　부유하면 가까이하고 가난하면 멀리하는 사람이야말로 사람 중의 소인
배다.” -소 동파-

　이 밤도 잘 자거라.

　혹 잠자다 깨어 잠이 오지 않으면
　너희 어머니 바느질 하는 옆에 와서 잠시 머물다 먼동이 트기 전에 돌아
가려무나.

편지.28
순수한 인간품성의 일면

오늘은 8 仙人중에 한사람인 동방삭에 대하여 전해오는 이야기 한마디 할게.

어느 날 선인 동방삭이 지상을 내려다보니 참으로 불쌍한 한 여인을 보게 된다.

다리 중간쯤 깡통을 놓고 불편한 몸으로 구걸을 하고 있다.

변장한 동방삭이 훌쩍 그 여인 옆으로 다가가

"여인이여! 그대가 동냥해 놓은 엽전을 나에게 줄 수 없겠소." 하고 넌지시 물었더니 흔쾌히 다 가져가라고 하여 가져오고 또 며칠 후 와서 똑같이 요구하니 그 여인은 또 흔쾌히 다 가져가라 했다는 구나.

그리고 또 며칠 뒤에 가서 달라고 했더니 그 여인이 첫 번째와 두 번째와는 달리 '두 닢만 남겨 놓고 가소서' 하더래.

그래서 선인 동방삭이 '왜 지난번에는 모두 가져가게 하고 오늘은 남겨 놓고 가라 하시오' 하고 물었더니,

그 여인이 왈, '그 두 날은 밝은 대낮에 오셔서 다 드렸지만 오늘은 해질 무렵이니, 나도 병든 노모를 모시고 있으니 저녁 끼니 살만큼 남겨두고 싶어서요.' 라고 대답한다.

물론 그 불구인 여인은 정상적인 몸으로 회복되었고 그 신선은 어디론가 훌쩍 가버리고 말았지만.

가난한 여인이 예수님께 올리브기름을 부어준 것같이 헐벗은 거지를 보면 입은 옷 훌렁훌렁 다 벗어주신 증산 선생님처럼……

제 자식 배불리 못 먹이면서도 지나가는 나그네에게 극진히 대접하던 옛 우리 한(韓) 민족의 심성처럼…….

이 대목은 읽으면 읽을수록 가슴 저며 오는 순수한 인간의 품성의 빛남을 본다.

아무런 보상도 바라지 않고 주는 기쁨으로 다른 사람에게 주고자 하는 마음을 예수께서는 "너는 내가 사랑하는 아들이요, 기뻐하는 자라." 하였고 석가는 "병든 이를 돌보는 자는 나를 시중드는 것이라." 하였으니 하늘 아버지의 무궁한 창조의 역량 속엔 참사랑의 씨를 나누어 주는 본성을 주신 게 틀림없구나.

너도 그곳에서 남을 돕되 모르게 돕고 기대를 아예 갖지 않는 큰 그릇으로 거듭나길 바란다.

"착한 사람과 함께 있으면 마치 청초한 난초가 있는 방에 든 것 같고 오래 있으면 그 향기를 맡지 않아도 그와 같이 되고, 착하지 못한 사람과 함께 있으면 마치 절인 생선 가게에 든 것 같아서, 오래 있으면 그 냄새를 맡지 않더라도 그와 같이 된다." -공자-

편지.29
삼시랑 할머니와 신교

오늘은 우리 민족의 역사이래로 믿고 따르던 신교(神敎)가 무엇인지에 대하여 이야기 해 줄게.

너도 들은 적이 있겠지만 민가에 내려오는 말들 중에 자식은 삼신할머니가 점지해 주어야 한다고 한다. 삼신할머니는 보다 친근감 있게 하기 위한 표현이고 실제로는 三神 신앙 즉, 신교의 한 단면을 표현해 준 것이다. 세상 사람에게 자식보다 더 중요한 것은 아무 것도 없고 그 소중한 자식은 三神(삼신)할머니가 타내려 주셔야 했다.

우리나라 고대서중에 太白逸史(태백일사)에 천상의 세계로부터 문득 삼신이 계시니 삼신은 곧 한분의 상제님이시다.

또한 도의 근원은 삼신으로부터 나온다고 하였다. 여기서 말하는 상제님은 기독교의 하나님이요, 도교의 옥황상제이며 불교의 미륵불이다. 그리고 道라는 것은 성경에서는 말씀이란 표현을 쓰고 있는데, 이는 끝도 한도 없는 무궁무진한 존재, 말로 표현할 수 없는 존재, 어제 오늘 내일도 영원히 계시는 존재, 전지전능하시고 모든 사물을 창조하신 존재를 말한다.

그 분 한 존재가 세 가지의 作用을 동시에 하고 계시기에 三神이라 이름한 것이다.

그 작용의 첫째가, 만물을 창조해내는 조화신(造化神)이며, 두 번째가 삼라만상을 가르치는 교화신(敎化神)이며, 세 번째가 만물이 각각 제자리를 잡을 수 있도록 다스리는 치화신(治化神)의 역할을 한다는 것이다. 이를 기독교에서는 성부 · 성자 · 성신(성령)이라고 하는 것이다. 이처럼 삼신(三神)은 생명의 근원이며 만물을 생성 변화시키는 우주의 조화정신을 가리키는 것이다. 이 삼신을 받들고 모시는 것이 神敎(신교)라고 한다.

한(韓) 민족은 개국 이래 이러한 정신적인 바탕을 근거한 민족이기에 전지전능한 하느님께 제사지내는 천 제단을 만들어 대대로 나라의 제일 우두머리(왕·황제·임금)가 하늘을 향해 제를 드렸고, 그것이 뿌리가 되어 돌아가신 조상님께도 제사를 지내드리는 것이다.

그런데 왜 선령제사를 4대까지 지내느냐 하면 사람이 죽어 그 영혼(혼과 백)이 완전히 사라지는 시간이 약 100년 걸린다는 것 때문이다.

(보통 일반인의 경우와 수도를 잘 닦은 이는 각각 다름)

왜 100년이 걸리는지 확실한 그 이론적 근거는 죽음을 맞으면 우리 몸속의 정기가 소멸되면서 육신과 혼(魂)이 분리되는데, 살아 있을 때는 영체를 혼이라 하지만 죽은 후에는 신명이라 한다. 본래 신명은 하늘기운을 받은 존재이므로 신명계 혹은 영계로 가고 육신은 땅에서 받은 기운이므로 넋이 귀(鬼)가 되어 분리되어 간다.

몸을 갖고 이승을 살 때도 그 재주와 능력이 각기 다르고 그 맡은 바가 다르듯이 영계로 간 신명들도 여러 층(보통 9층)으로 이루어져 서로 생각이 비슷하고 뜻이 통하는 신명끼리 모여 생활한다.

그리고 죽었다고 해서 천륜관계가 끊어져 없어지는 것이 아니라 계속된다.

너는 알 것이다. 단지 영혼은 육신이 없어 살아있는 자손을 의지하게 되는데 생전에 못다 한 일은 하고자 하는 것이다. 내가 너에게 편지를 보내는 것도 이와 같은 배경으로 보다 폭넓은 지식과 마음가짐을 갖게 도와주고자 하는 것이다. 그런데 이 세상에 사람들은 이 기본적인 우주생명체의 호근운동을 근간으로 하여 일어나는 윤회과정을 무시하는 사람들이 아직 많다.

부처님께서 '무식한 자가 용감하다' 라고 하신 대목이 나온다. 모르면서 우기면…….

주위에서 많이 겪고 있잖아, 그지!

성경 말씀 중에 윤회를 표현하는 대목이 많이 있는데 그 중 몇 가지만 적어 보낸다.

윤회가 없다고 우기는 사람 만나면 보여 드리어라.

1. 마태복음 17장 : 11~13

예수께서 대답하여 가라사대 엘리야가 과연 먼저 와서 모든 일을 회복하리라.

내가 너희에게 말하노니 엘리야가 이미 왔으되 사람들이 알지 못하고 임의로 대우하였도다. 인자도 이와 같이 그들에게 고난을 받으리라 하시니 그제야 제자들이 예수의 말씀하신 것이 세례요한인줄 깨달으니라.

2. 요한복음 6장 : 62~63

그러면 너희가 인자의 이전 있던 곳으로 올라가는 것을 볼 것 같으면 어찌 하려느냐.

살리는 것은 영이니 육은 무익하니라. 내가 너희에게 이른 말이 영이요, 생명이라.

3. 요한복음 7장 : 33~34

예수께서 이르시되 내가 너희와 함께 조금 더 있다가 나를 보내신 이에게로 돌아가겠노라. 너희가 나를 찾아도 만나지 못할 터이요, 나 있는 곳에 오지도 못하리라.

4. 요한복음 8장 : 56~58

너희 조상 아브라함은 나의 때 볼 것을 즐거워 하다가 보고 기뻐하였느니라.

유대인들이 가로되 네가 아직 오십도 못되었는데 아브라함을 보았느냐.

예수께서 가라사대 진실로 진실로 너희에게 이르노니 아브라함이 나기 전부터 내가 있었느니라 하시니.

5. 요한복음 9장 : 2~3

제자들이 물어 가로되 랍비여 이 사람이 소경으로 난 것이 뉘 죄로 인함이오니이까 자기 이오니이까 그 부모 이오니이까.

예수께서 대답하시되 이 사람이나 그 부모가 죄를 범한 것이 아니라 그에게서 하나님의 하시는 일을 나타내고자 하심이니라.

제사를 4대까지 지내는 이유가 여기에 그 정신적 뿌리를 두고 있음을 알려준다.

즉 100년 안에 다시 다른 모습으로 윤회하여 갈 곳을 가기 때문이다.

돌고 도는 천상과 지상을 훤히 꿰뚫는 자들은 의심을 가지지 않는다.

하기야 내 눈썹의 털 개수도 모르는데 저 하늘 보이지 않는 세계(다차원)를 어찌 알 수 있겠느냐. 너도 이젠 알겠지!

우리 민족만큼 머리를 숙이는데 익숙한 민족이 없는 것은 9천 년 이상 내려온 三神사상의 뿌리인 신교정신에 바탕을 두었기 때문임을 알아두기 바란다.

이것이 바탕이 되어 있으므로 하느님과 관련된 모든 종류의 종교가 우리나라에서는 성공하는 것이다. 그것을 가르치는 자들이 잘못 가르쳐서 그렇지.

제사문화가 가장 발달된 민족이 된 것도 여기에 연유하며, 삼라만상에 깃든 정령들을 무시하지 않는 0적 세계(보기는 힘들지만 실제로 존재하는 세계)를 중요시하는 정신적 바탕이 이루어져 있기 때문이야.

이를 확인 시켜주는 성경의 한 대목을 너에게 적어 보낸다.

예수님께서 장사한 지 사흘 만에 부활하시고 제자들 앞에 나타나서 제자들에게 하신 말씀이다.

누가복음24장 30절-48절

저희와 함께 음식 잡수 실 때에 떡을 가지사 축사하시고 떼어 저희에게 주시매 저희 눈이 밝아져 그 인줄 알아 보더니 예수는 저희에게 보이지 아니하시는지라. 저희가 서로 말하되 길에서 우리에게 말씀하시고 우리에게 성경을 풀어 주실 때에 우리 속에 마음이 뜨겁지 아니하더냐고 하고 곧 그 시로 일어나 예루살렘에 돌아가 보니 열한 사도와 및 그와 함께 한 자들이 모여 있어 말하기를 주께서 과연 살아나시고 시몬에게 나타나셨다 하는지라.

두 사람도 길에서 된 일과 예수께서 떡을 떼심으로 자기들에게 알려지신 것을 말하더라.

이 말을 할 때에 예수께서 친히 그 가운데 서서 가라사대 너희에게 평강이 있을 지어다 하시니 저희가 놀라고 무서워하며 그 보는 것을 영으로 생각하는지라.

예수께서 가라사대 어찌하여 두려워하며 어찌하여 마음에 의심이 일어나느냐 내 손과 발을 보고 나인줄 알라 또 나를 만져보라 영은 살과 뼈가 없으되 너희 보는바와 같이 나는 있느니라.

이 말씀을 하시고 손과 발을 보이시나 저희가 너무 기쁘므로 오히려 믿지 못하고 기이히 여길 때에 이르시되 여기 무슨 먹을 것이 있느냐 하시니 이에 구운 생선 한 토막을 드리매 받으사 그 앞에서 잡수시더라.

또 이르시되 내가 너희와 함께 있을 때에 너희에게 말한바 곧 모세의 율

법과 선지자의 글과 시편에 나를 가리켜 기록된 모든 것이 이루어 져야 하
리라 한 말이 이것이라 하시고 이에 저희 마음을 열어 성경을 깨닫게 하시
고 또 이르시되 이같이 그리스도 고난을 받고 제 삼일에 죽은 자 가운데
살아 날것과 또 그의 이름으로 죄 사함을 얻게 하는 회개가 예루살렘으로
부터 시작하여 모든 족속에게 전파될 것이 기록되었으니 너희는 이 모든
일의 증인이라.

오늘의 격언

"서로 아는 사람은 많이 있지만, 마음을 아는 사람이 몇이나 되겠는가?"
서로의 마음을 아는 사이는 참으로 드물다. 비록 서로 아주 친하게 지내
는 친구사이라 할지라도…… 우리 속담에 열 길 물속은 알아도 한 길 사람
마음은 알 수가 없다고.

불 끄고 잘 자!

편지.30
미리 가본 천국

　오늘은 1871년에 태어나시어 1909년에 가신 증산(甑山)선생님께서 제자들에 들려준 새 시대 새 세상의 모습을 적어 보낸다. 조선말에 이 땅에 태어나셔서 병들은 인류의 미래를 바로 세우고자 9년 동안 전대미문의 천지공사(하늘과 땅을 뜯어고친다)를 하고 가신 분이다. 이분의 말씀을 기초로 많은 종교 단체가 지난 100년 동안 무수히 생겼다 없어지고 하였는데 서로 적통이라 주장하며 단합되어 일치된 경전이 없다.

　안타까운 현실이다.

　아버진 어느 단체에도 가입은 하지 않았지만 그분의 말씀과 수많은 이적 그리고 살아생전 인류를 위한 대속을 보고 있으면 예수님을 떠올리게 하는 대목이 많이 있다.

　어떤 단체의 경전을 읽어보면 증산 님 스스로의 정체성을 말씀하신 부분이 나오는데 이러하다.

　"예수와 석가 그리고 공자는 내가 쓰기위하여 내려 보냈느니라."

　예수님께서 나를 보내신 이는 참이시니……. 이대목과 연결 시켜보면 전혀 터무니없는 것은 아니라 판단되는구나. 아버지와 아들이 이 지상에 오셔서 행한 실천적이고 희생적이며 대속하는 장면을 보고 있으면 그런 생각이 든다.

　오늘 너에게는 그분의 말씀 중에 너무나도 기다려지는 세상을 상세히 기술하고 계시기 때문에 마음으로라도 위안을 얻고 싶어서 너에게 이 말씀을 전한다. 참으로 기다려지는 세상이기에…….

　꼭 오기를 기다리면서…….

앞으로 인류는 위엄과 형벌로서 다스리지 않고 조화 권능으로 다스리며, 스스로 깨닫게 되는 시대가 오며 생, 노, 병, 사의 틀을 벗어나 불로장생(길게는 1,200년 짧게는 800년의 수명) 세상이 되며 덕을 근본으로 인륜이 맺어져 복록과 영화를 누리게 되며, 온 나라, 온 민족이 화평하여 백성들이 한과 원통함, 억울함, 거칠고 사나움, 욕심과 음탕함, 노여움, 시기, 질투 등의 108가지 번뇌가 없어지고 화기가 무르녹는 무릉도원이 될 것이며, 빈부의 차이도 없어지고 맛있는 음식과 좋고 아름다운 옷이 원하는 대로 가득하며, 마음먹은 대로 접시모양의 비행기를 타고 단숨에 가고자 하는 곳을 갈 수 있고 지혜가 열려 어제 · 오늘 · 내일, 그리고 시방세계의 모든 일에 통달하게 되며, 이제까지는 사람이 신명(神明)들에게 제도 지내고 섬겼으나, 앞 세상은 신명이 사람을 받들거나 신명과 사람이 합일이 되어 사해 중생의 마음이 티끌하나 없는 맑은 마음으로 풍운조화가 마음대로 되며 둔갑정신이 하고자 하는 대로 되며 이제까지는 하늘이 높기만 하였지만 향후는 나지막이 되어 장차 하늘에 배가 뜨고 옷도 툭툭 털어서 입는 잠자리 속 날개 같은 옷이 나온다고 하셨다.

그러면서 아래와 같은 말씀도 해주신다.

자손에게는 선령은 곧 하느님이요, 하느님께 빌기 전에 먼저 저희 선령에게 잘 빌어야 하고 그 선령이 하느님께 빌어야 그것이 순서이다. 지금 천상의 선령 신들이 선자선손(善子善孫)을 척신의 손에서 건져내어 새 운수의(새 시대의) 길로 인도하려고 분주히 서두르나니 너희는 선령신의 음덕을 지극히 중히 여기도록 하라. 왜냐하면 선령신이 그 자손줄을 타고 다시 태어나기 때문이니라.

죄가 없어도 있는 듯이 잠시라도 방심 말고 조심하고 마음 바르게 하여 기운을 가다듬어 도를 잘 닦고 몸을 편안히 하는 것이 새 시대에 살 기운을 얻는 길이다.

오욕으로 뒤섞여 번뇌에서 벗어나지 못하는 자는 세상이 바뀔 때는 뼈마디가 뒤틀려 살아남기 어려우니라.

말씀도중에 읊어주신 시(詩)가 이렇다.

석자 가벼운 거문고 소리에 만국이 화합하고
천길 무거운 창검에 온 천하가 분열되느니라
천지의 큰 기운은 호생에 힘을 쓰고
음양의 바른 기운은 자유로이 어울려 화합하며
고목의 새 가지에는 봉황이 깃들고
대지의 춘림에는 기린이 태어나는 구나.
밝고 환한 일월에 장님이 눈을 뜨고
상극이 제어된 오행으로 병자가 낫느니라.

저문 해가 밝아오니 요순세상 다시 오고
긴 봄은 정해진 때가 없이 계속되니
어찌 서리와 눈 내리는 겨울을 보겠는가.

듣기만 하여도 가슴 설레며 기다려지는 이상세계가 아니냐.

불경에서 말하는 극락정토가, 성경에서 말하는 새 하늘, 새 땅의 모습이 이런 것이라 생각된다.

남의 말을 좋게 하면 그에게 덕이 되어 잘되고 그 남은 덕이 밀려서 점점 큰 복이 되어 내 몸에 이르고 남의 말을 나쁘게 하면 그에게 해가 되어 망치고 그 남은 해가 밀려서 점점 큰 재앙이 되어 내 몸에 이르느니라.

또한 평생 선을 행하다가도 한마디 말로서 부서지나니 부디 말조심하라.

너희들의 말과 행동은 천지에 울려 퍼지니 인망을 얻어야 신망에 오르느니라.

크게 덕을 베풀고도 베풀었다는 생각을 하지 말라.

외식을 버리고 음덕에 힘쓰라. 덕은 음덕이 크니라.

더욱 중요한 것은 의로움이 있는 곳에 道가 머물고 도가 머무는 곳에 德이 생기느니라.

또한, 그 마음이 착하고 아름다워 포용함이 있는 듯하여 남이 가진 재주를 자기가 가진 것처럼 아끼고 남의 훌륭함과 통달함을 마음으로 좋아하되 비단 말 뿐만 아니라면 이는 남을 포용하는 것이니라.

세상을 사는 데는 부드러움을 귀히 여기라

굳세고 강하기만 한 것이 재앙의 근원이니라

말을 할 때는 언제나 천천히 하려하고 매사에 임할 때는 마땅히 어리석은 듯 하거라.

급한 지경을 당하면 항상 천천히 생각해 보고 평안할 때도 위태롭던 때를 잊지 말 지어라.

한 평생 이러한 인생의 계략을 잘 실행해 나간다면 진실로 하늘의 참다운 아들이 되느니라.

그러나 세상 살고 죽음이 꼭 도덕만 가지고 되는 것은 아니니라.

천지간에 의로움보다 더 크고 중요한 것은 없으며 사람이 의로운 말을 하고 의로운 행동을 하면 천지도 감동하느니라.

하지만, 때가 되어 구시대는 가고 신시대가 올 때는 병란(兵亂)과 병란 (病亂)이 함께 밀어 닥치니 어찌 그 고통의 문을 통과할 수 있으랴.
참으로 애처롭고 안타까운 일이다.

그러나 한 가지 묘방을 너희들에게 일러줄 터이니 이러하니라.
이 세상이 생긴 이래로 수많은 呪文이 있으나 아래의 주문을 열심히 읽 고 암송하면 하늘의 옥황상제(하나님, 미륵불)께서 돌보게 되며 그 재난을 면하게 되느니라.
이 주문을 만나는 것은 나와 3生의 인연이 있어야 되는 것이니 부디 소 중히 간직하라.

그 주문의 내용은 이러하다.

태을주(太乙呪)
"훔치훔치 태을천 상원군 훔리치 야도래 훔리함리 사파하"

이것이 전부다. 23자가 전부다.

훔치의 내포하고 있는 뜻은
1. 천지만물의 생명의 근원자리이며
2. 도의 궁극의 뿌리 되는 자리이며
3. 조화의 자리와 하나 되는 외침이며
4. 본래의 고향으로 돌아가고자 하는 부르짖음이며
5. 천지 부모를 부르는 소리이며
6. 우주만상의 움직임의 소리이며 소리의 씨앗이다.
7. 지혜의 완성이며 매듭의 풀림이며, 빛의 폭포이며

8. 생명의 마음 그 자체이며

9. 인간의 내부에 있는 높은 상태의 의식을 일깨우는 힘을 가지고 있다.

태을천이 내포하고 있는 뜻은

1. 우주 생성의 근원이며

2. 우주사의 뿌리이며

3. 가을 우주의 조화정신이 박혀 있는 곳이며

상원군은

1. 우주 문명사의 원시의 천존이시며

2. 인간 생명 탄생의 조종이니라.

3. 천상보좌에 계시는 하느님이다.

훔리치 야도래 훔리함리 사파하의 뜻은

1. 살아오면서 알게 모르게 저지른 모든 죄악을 반성하고 뉘우치고 회개
   하오니 부디 저의 원을 받아들여 주시옵소서.

2. 생명의 근원으로 돌아가겠다는 염원이며, 모든 소원이 이루어진다는
   것이다. 그러므로 太乙呪(태을주)는 만병을 물리치는 구축병마의 조
   화주(造化主)며, 여의주(如意珠)이며, 우주 율려(律呂)이며 水氣저장
   주문이며, 만병통치 주문이니라.(증산도전, 대순전경, 천지개벽경,
   용화전경, 현무경 참조)

장남!!

보통 주문(呪文)하면 미신적, 주술적인 생각이 번뜩 들지 않나, 그지.

실제로 주문은 마음이 그릇된 망상에 드는 것을 보호해 주는 수단이며,
우주의 생명력과 신의 영성과 힘을 받아 내리는 글이란 뜻이다.

　그래서 너에게 특별히 수도와 수련 시 꼭 필요한 주문이라 생각되었고
또한 증산님께서 하신 말씀이 너무 깊고 진지하여, 나 혼자 생각 끝에 수
많은 주문과 성경속의 주기도문까지 전부 氣적 감응도를 비교해 보았다.

　기적 감응도란 세상에 나와 있는 기도문이나 주문은 고도의 농축된 염
원을 담아 전승되어 오는 것이므로, 마음을 가라앉히고 조용히 마음속으
로 두 손을 모우고 기도하는 자세로 암송해 보면 천지로부터 와 닿는 그
어떤 만질 수 없는 실체를 알게 되는데 이것을 氣的 감응도로 표현한 것이
다.
　여기서 어떤 만질 수 없는 실체라는 것은 일종의 에너지(기)파동으로 전
해지는 자기성(N, S극이 서로 당기고 밀고 할 때 느끼는 힘)을 말한다. 마
치 물을 손바닥으로 눌러볼 때 오는 탄력성의 느낌 · 감각이라 해도 되겠
다.
　글로 말로 표현하기 쉽지 않구나.
　아버진 오랫동안 이 분야만큼은 사업보다 열심히 연마하지 않았느냐.

　그 결과 태을주는 참으로 형언키 어려운 기운이 있음을 너에게 일러 주
고 싶다.
　증산님께서 수많은 제자들을 모아놓고 실없는 말씀을 하셨을 리가 만무
하리라 생각한다.
　성경 중 마태복음 7장에 기도에 힘쓸 것을 당부하며 주신 말씀이 있는데
이러하다.

　"구하라, 그러면 너희에게 주실 것이요. 찾으라, 그러면 찾을 것이요. 문
을 두드리라, 그러면 너희에게 열릴 것이니 구하는 이마다 얻을 것이요 찾
는 이가 찾을 것이요 두드리는 이에게 열릴 것이니라

너희 중에 누가 아들이 떡을 달라하면 돌을 주며 생선을 달라하면 뱀을 줄 사람이 있겠느냐 너희가 악한 자라도 좋은 것으로 자식에게 줄줄 알거든 하물며 하늘에 계신 너희 아버지께서 구하는 자에게 좋은 것을 주시지 않겠느냐.”

기도는 참으로 신묘함을 드러내준다. 해본 자는 다 아는 것이다.

기도의 효과적 방법의 하나가 주문을 외는 것이다. 성경의 주기도문 중 “뜻이 하늘에서 이룬 것 같이 땅에서도 이루어지이다.” 이 구절 역시 대단한 감응도를 느낄 수 있다.

한 자리에서 몸을 정결히 하고 마음을 바로잡고 진정시켜 호흡을 고른 뒤에 조용히 암송하여보면 너 스스로 형언할 수 없는 기운과 느낌이 온 몸에 닿아 옴을 느낄 수 있을 것이다.

장남!

태을주와 주기도문 매일매일 시간 나는 대로 열심히 독송하거라.

주문의 중요성은 성경, 마태복음 27장에도 예수님께서 유대교 성직자들의 질시와 저주를 받아 십자가에 매달려 처형되는 순간 “엘리 엘리 라마 사박다니”를 외치시고 혼절하는 대목이 나온다. “엘리 엘리 사박다니”는 티베트 라마불교의 주문인 “엘리 엘리 라마 삼약 삼보리”라는 것에서 유래된 것으로 보면 될 것이다.

이 뜻은 성자의 위대한 바른 지혜의 총지라는 의미를 담고 있다. 즉 예수가 외친 뜻은 보내신 이의 뜻을 다 이루었다는 뜻으로 보면 될 것이다.

즉, ‘모든 장애를 극복하여 당신의 뜻을 이루었습니다.’ 라는 뜻이라 생각한다. (성경은 다르게 해석하고 있다 즉; 나의 하나님 나의 하나님 어찌하여 나를 버리셨나이까)

이처럼 주문은 동서고금을 막론하고 그 숨겨진 힘을 가지고 있음을 알

앉으면 좋겠고 모두 한 번씩 깊이 새겨 음미해 볼 필요가 있다고 생각하며 그 중 가장 알맞은 주문이 각자의 타고난 우주적 율동과 맞는 것이 있을 것이기 때문이다.

우주적 율동이라는 말이 생소하게 들리겠지만 쉬운 말로 설명하면 사람마다 태어날 때 하늘로부터 받아 내려오는 원 기운을 말하는데 이것이 각자의 체질과 우주적 리듬, 진동, 파동, 주파수의 높고 낮음에 따라 다르므로 모든 주문이나 기도문이 모든 사람에게 똑같은 효과를 볼 수 없기 때문이다. 게을리 하지 말고 열심히 하였으면 좋겠다.

이 밤은 어느 별에 머물고 있는지 귀 뜸 해 주고 가거라. 꿈속에서라도…….

오늘밤 새겨둘 지혜의 말씀

"술과 음식을 먹을 때는 형제와 같은 사람이 많이 있지만, 위급하고 어려울 때는 한 사람의 친구도 없다. 친구에게 불신감을 품는 것은 친구에게 속는 것보다 수치스러운 일이다. 시종 변치 않는 벗이란 모든 재산 가운데서도 가장 큰 것이지만 그것은 사람들이 가장 등한히 하는 재산이다" -로슈푸코-

오늘은 예수님 청소년 시절에 있었던 이야기 하나 들려줄게.

예수님께서 탄생하실 때 별을 보고 찾아온 동방박사들(페르시아의 사제들)이 있는데 예수와 그 가족이 피난 갔던 이집트 조안이라는 곳에서 그들의 권고로 그 시대 두 현자의 구도 장에서 사랑·생명의 통일·두개의 자아·삼위일체의 신·道神(도신)·브라만교·유대의 성서·석가부처의 교훈·페르시아의 종교 등에 대하여 3년간의 영적교육을 받고 다시 유대로 귀국한다.

그리고 어느 정도 세월이 지나고 난 뒤 또 다른 기회가 주어지는데 12세가 된 예수는 목수인 아버지 요셉을 돕고 있었는데, 이때 인도 남부 오릿사주의 왕족인 라반나가 유대의 제례식에 참석하러 왔다가 예수의 총명함을 보게 되고 동양의 지혜를 배울 수 있도록 배려해준다.

이 모두 하나님의 한 치도 오차 없는 계획대로 이루어지는 것이라고 봐야겠지.

그 당시 정신적 세계(0적 세계)의 성숙도는 서양보다 동양이 훨씬 앞서 있었기 때문이다.
지금도 마찬가지다만.
이로서 예수는 「베다」성전과 「마니」법전을 배우고 승려 라 마스와 깊은 우정을 나눈다.

그 수학하는 동안 라 마스와 예수가 서로 주고받는 대화 내용이 너무나 훌륭하구나.

이것을 오늘의 편지에 적어 보내는 것은 진리와 힘·신앙·신념이 어떠한 마음가짐으로 구원에 이르는가를 명쾌하게 보여주기 때문이다. 가슴깊이 새겨 읽고 또 읽어주기 바란다.

라 마스 : 유대선생! 진리란 무엇이라 생각하시오.

예수 : 진리는 변치 않는 유일한 것입니다. 이 세상에는 진리와 허위 두 가지가 있습니다.

진리란 있는 그대로의 것이고, 허위란 있는 것처럼 보이는 것이죠.

진리란 있는 것으로 원인은 없지만 일체의 것의 원인이 됩니다.

허위란 아무것도 없는 것이면서 있는 것처럼 표현을 합니다.

이미 만들어진 것은 무엇이든지 없어지게 마련입니다. 시작된 것은 끝나야 됩니다.

모든 눈에 보이는 것은 有(유)의 표현이지만 본래 無(무)이므로 사라져 버려야 합니다. 눈에 보이는 것은 에테르가 진동하는 동안만 반영의 표현을 하고 사정이 변하면 소멸합니다.

성스러운 氣는 진리입니다. 과거·현재·미래에도 영원히 존재하는 것입니다.

그것은 변화될 수도 소멸될 수도 없는 것입니다.

라 마스 : 그럼 인간이란 무엇인가?

예수 : 인간이란 진리와 허위의 이상한 혼합체입니다. 이 양자가 싸웁니다.

라 마스 : 힘에 대해서는 어떻게 생각하는가?

예수 : 힘, 그것은 무(無)에 지나지 않는 환영(幻影)입니다. 진기(眞氣)는 변치 않지만 힘은 에테르가 변하면 변합니다.

절대적인 기(氣)는 신의 의지이며 전능한 것입니다. 힘은 聖氣(성기)에 이끌려 나타난 신의 뜻이죠. 바람에도 힘이 있고 파도·인간의 팔·눈에도 힘이 있습니다. 에테르는 이와 같은 힘을 일으키고 엘로힘·천사·인간 그 밖에 사고하는 것의 사상을 진기(眞氣)가 지도합니다.

라 마스 : 예지(叡知)에 대해서는 어떻게 생각하는가?

예수 : 예지란 인간이 이것을 토대로 삼아 그 위에 자기 자신을 세우는 바위입니다.

그것은 유(有)나 무(無), 진리와 허위를 구별하는 영지(靈知)입니다.

라 마스 : 신앙이란 무엇인가?

예수 : 신앙이란 하느님과 인간이 전능하다는 것을 확인하는 것이며, 인간이 신적인 생활에 도달할 것을 확증하는 것입니다. 구원이란 인간의 마음에서 신의 마음에 이르는 사다리로 구원에는 삼단계가 있습니다.

첫째는 신념으로 이것은 인간이 아마 그것이 진리일 것이라고 생각하는 것.

둘째는 신앙으로 그것은 인간이 진리를 아는 것.

셋째는 완성 즉, 인간 자신이 진리가 되는 것입니다.

신념은 신앙 속으로 승화되고 신앙은 완성으로 열매 맺고 그럼으로써 자기와 신이 하나 될 때 인간은 구원을 받습니다.(보병궁 성약 22:1~31)

하나님의 아들 예수는 이미 어릴 때부터 세상을 보는 눈이 확연히 트인 것을 절절히 보게 되는구나.

이 밤은 하늘에 별들이 한, 두 개만 보인다.

너의 빛은 어느 별로 여행 중인지.

매일 들른 별들에 대하여 상세히 기록하여 두었다가 내가 가면 보여 다오.

나도 견문이 넓어져야 하지 않나.

지구상의 동서남북교류도 중요하고 천상·지상·지하의 정보도 서로
긴밀히 주고받아야지 발전적으로 될 것 아니야.

장남! 오늘 이 편지 받고부터는 하늘나라의 견문록을 작성해 보거라.
마르코 폴로의 동방견문록처럼.

자기 성찰을 돕는 오늘의 말씀
"백년을 사는 사람이 없는데도 사람은 부질없이 천년의 계획을 세운다.

그럼 이 밤도 안녕.

편지.32
구원의 다양한 길들

상진아!

오늘은 석가와 예수, 공자의 가르침이 같은 하느님 말씀을 전하면서 각기 다른 방법을 선택한 배경을 설명해 줄게.

불교와 기독교의 신앙의 차이는 진리와 생명의 본체를 구하는데 그리고 영생과 구원에 이르는데 있어 안과 밖에서 찾아 들어가는 방법만 다르다는 것을 알았으면 한다.

석가모니 부처님은 성령의 자리인 한 마음(一心)에 깃든 진리를 등불삼아 스스로 도(道:말씀) 자리를 간파하고 직시하여 자신을 비워 해탈의 경지로 가라는 것이고 예수 그리스도께서는 우주의 시원 처에 계시는 하나님의 가르침을 믿고 실행하는 것이 천국에 가는 길 임을 가르치고 있는 것이다.

해탈의 경계가 천국의 경계이니라. 극락이 천국이요, 천당이다. 하나님의 말씀을 말로만 아니고 행동으로 실천한 자가 불교적 용어로 해탈이다. 해탈이라고 해서 보이지 않는 곳에 가서 붕붕 떠다니는 것이 아니고 석가모니 부처님의 가르침을 실천한 사람을 일컬어 해탈의 경지에 도달했다고 하는 것이다, 불교가 인도에서 중국을 거쳐 우리나라로 들어오는 과정에서 용어 선택이 한자어로 되어버려서 그렇지 그 핵심 사상은 성경의 주옥 같은 말씀들이 듬뿍 들어있는 잠언, 시편, 4대 복음(마태, 마가, 누가, 요한복음)과 의미상 다른 것이 없다.

사람들은 서로 다르게 표현하면 의미도 다르다고 생각 하는가보다. 하나님의 의지를 실천한 자의 말이 다르면 얼마나 다르겠느냐. 하늘아래 진리가 하나이지 둘일 수 없기 때문이다.

아버지 보기에는 똑 같다. 시대적 문화적 생활 배경이 달라서 그렇게 되었을 것이 다만 오늘날같이 확 트인 문자문명 시대에 서로 손잡고 연구하는 사람들이 적은 것이 안타까울 뿐이다.

즉, 한 분은 성령의 자리인 이 道(하나님의 말씀)의 자리가 마음임을 알아 스스로 닦아 해탈의 경지에 오르라 말하였고 또 한분은 성령을 주신 그분을 믿고 따르라 했으니 같은 가르침이다.

신성(神性), 불성(佛性), 성령(聖靈)이 모두 다른 것이 아니고 하나이다.

유교는 인간을 있는 그대로 노출하여 도덕으로 예의와 범절을 실천케 하여 영원의 세계로 안내하는 것이다. 이상의 기독교·불교·유교는 한 생명의 실체를 보는 관점에 따라 다르며 각 민족의 영혼의 존재와 부합하는 문화를 바탕으로(기후·토질·음식·습관 등) 합당한 대명사를 부여하여 영원무궁한 생명의 근원자리로 돌아가 영생할 것을 권고한 것이다.

철학적 용어로는 모든 사물을 파악하는 방법으로 귀납법과 연역법이란 것이 있지 않느냐.

귀납법이든 연역법이든 어느 한 방법만이 절대치를 갖지 못하는 것이고 둘의 장점을 잘 살려 궁극의 길을 찾아내야 하듯이 불교·기독교·도교든 증산교든 그 어느 것 하나 가르침의 본질 즉 진리의 말씀(하나님의 말씀)을 그릇되게 설파하진 않고 있음을 나의 아들 상진은 잘 알고 있을 거야.

상진아! 우리 기도하자. 너와 나만이라도.

너는 신명세계를 대표해, 나는 인간세계를 대표해.

하늘에 계신 아버지(천주님, 옥황상제님, 하나님, 상제님, 미륵불님)
지구별에 보내주신 아들들(예수, 석가, 공자, 소크라테스)을 보내 주신 것을 감사드립니다.
보내주신 아들들이 각기 다른 시대 문화와 관습 속에 살아가는 각 민족의 대대로 내려온 문화 관습에 따라 각기의 정서 속에 받아들이기 편리하고 알기 쉬운 알맞은 방법을 가지고 보내 주셨음을 감사드립니다.

그 분들로 인하여 파생된 각 종교의 역할이 저희를 교화하고 바른 길로 인도하려 노력하였고 그 결과로 많은 이들이 하나님의 은총 속에서 은혜를 입었음도 감사드립니다.
그러나 한 가지 세월이 흘러 동·서양의 문물이 활발한 교류가 이루어진 지금에는 상호간의 충돌이 발생하고 있음을 압니다.

하늘에 계신 창조주이시며 주재자이시고 전지전능하신 아버지 하나님.
지상의 이 모순을 각 민족의 지도자들이 제거하는데 앞장 설 수 있도록 각 종교 종파의 지도자와 각 민족의 지도자들을 각성하고 일깨워 주실 것을 기도하옵니다.
원수까지 사랑하고 그를 위하여 기도하라는 말씀 하나만 가지고라도 모자람이 없으나 실로 그러지 못함을 고백합니다. 모두가 가슴을 열고 서로를 이해하여 끌어안고 상대를 위하여 기도하는 모습을 실현하여 주옵소서. 봄날에 피어나는 새싹처럼 그 아름다운 꽃 망울처럼 활짝 터뜨려 지상에 서로 반목하고 배타적인 심성이 사라지게 도와주소서.

종교는 종교대로 종파는 종파대로 민족은 민족대로 서로 각기 타고난

습성과 문화를 깊이 이해해 줄 수 있는 큰마음을 갖도록 도와주소서. 천하의 모든 약소민족도 제나라 일을 제가 주장할 수 있도록 해주시옵소서.

하루살이도 불나방도 보다 다른 큰 세계가 있음을 알게 해 주시고, 당신의 아들·딸인 인간에게 볼 수 없는 하늘 세계가 있음을 육신의 삶보다 영적인 삶의 가치가 무엇인지 깨닫게 하여 주소서. 그리고 그 무변광대함을, 그 은밀함을, 그 지고함을 알게 하여 주시옵소서.

서로 보완하고 격려하며 부모가 자식을 돌보듯 정과 성을 다하는 아름답고 고귀한 당신의 씨앗에 다시 한 번 빛과 수분을 공급하여 주소서.

자기자식 사랑의 1/100만이라도 이웃을 위해 배려하는 마음으로 살아갈 수 있도록 도와주소서. 당신의 은총으로 사랑으로 이 지상을 천국으로 무릉도원으로 극락으로 가꾸어 주시옵소서.

예수 부처의 이름과 석가모니 그리스도의 이름으로 기도 드렸습니다.
아멘. 나무관세음 보살. 훔리함리사파하.

오늘의 격언

"천자가 참지 못하면 나라가 텅 비게 되고 제후가 참지 못하면 그 몸을 망치게 되고, 관리가 참지 못하면 형벌을 받아 죽게 된다. 형제가 서로 참지 못하면 각각 따로 살게 되고, 부부가 서로 참지 못하면 자식을 고아로 만들고, 친구끼리 참지 못하면 그 정이 멀어지며, 자신이 참지 못하면 환난이 없어지지 않는다.

참기란 참으로 어려운 것입니다. 사람이 아니면 참지 못하고, 참지 못하면 사람이 아닌 것입니다." -자장-

열 번만 암송하고 잠자리에 들 거라.

228

편지.33
현무경속의 무이구곡

상진아! 오늘은 증산 선생님께서 남겨 놓으신 秘經(비경)중 하나인 玄武經(현무경)에 나오는 武夷九曲(무이구곡)이란 용어에 대하여 정확하지는 않지만 내가 아는 대로 이야기 해 줄게.

1990년 초에 이무이산 근처에서 공장을 한 적이 있어, 이 무이구곡은 자주 들리곤 하였다. 지금은 많은 한국인들의 중국관광중 명소가 되어 있지만…….

현무경에 쓰여 있는 武夷九曲(무이구곡)이 거의 글씨가 뒤집어져 쓰여 있다.

왜 뒤집어 쓰셨을까?

아버지 나름대로 해석한 것은 이러하다.

첫째 : 제대로 파악되지 못한 사실을 바로 세워져야 한다는 의미를 갖고 있으며

둘째 : 바로 세우는데 필요한 것은 무이구곡이 담고 있는 전설을 제대로 이해해야 풀릴 수 있으며

셋째 : 그 전설의 근거에는 東夷族(동이족)이 중심인물로 등장하는 것이며

넷째 : 그 동이족에 의해 儒佛仙(유불선) 삼교가 발단되었음을 의미하며

다섯째 : 그 유불선 삼교의 황금기를 지나 다시 그것을 바탕으로 새로운 진리의 신교가 탄생되어야 한다는 의미이며

여섯째 : 九曲의 의미는 ①굽이굽이 사연이 많은 만큼 쉽지 않다는 뜻이요

② 갖가지 인류의 전설이 녹아 있다는 뜻이며

③ 십승처로 들어가기 위한 마지막 힘든 관문이란 의미가 들어 있다

고 본다.

다시 정리한다면 武夷九曲은 인류의 시원의 뿌리인 한겨레, 배달민족의
다른 이름이 東夷族인 우리 한 민족이 흐트러지고 꼬여있는 세계 각국의
종교의 통합적 진리를 다시 찾아 바로 세워야 하는데 굽이굽이 돌아가는
형세가 그리 용이하지 않다는 깊은 내용을 담고 있다고 본다.

武夷를 한자 풀이 해보면

武 ① 正 + 弋 : 활을 쓰되 공명정대하게만

夷 ② 大 + 弓 : 아주 큰 활

즉, 이 뜻은 동이족이 활을 쓸 때는 반드시 공명정대하게만 쓴다는 의미
를 담고 있는 것이다. 지금껏 타민족으로부터 당하기만하고 수많은 전란
으로 민족의 수난이 남다른 민족임을 너도 알고 있지 않느냐.

그런데 아버진 이 아픈 과거가 우리에게 시사하고 우리 민족에게 주어
진 하나님의 깊은 뜻이 있음을 알게 되었다.

하늘이 국가나 개인에게 엄청난 시련을 안겨 줄 때는 반드시 그 곡절이
있음을 구약성경 속에 역사하고 계시는 이스라엘 민족에게 가하는 그 고
난의 역사 속에서 발견할 수 있다.

전설상에 武와 夷가 東夷族(동이족)의 아들들인데 형제이며 이곳에 엄
청난 홍수가 들었을 때 이 형제의 지혜와 각고의 노력으로 해소하였고 이
후로 그 이름이 武夷九曲(무이구곡)으로 전승되어 왔다고 한다.

오늘 이 전설상의 이야기가 확실치 않은데도(사실상 그 옛날 문자가 없
었을 때 전설 이외의 수단밖에는 없다는 사실을 감안하면 거짓으로 치부
하기도 어렵다) 너에게 편지하는 것은 옛것을 소중히 간직하고 기록으로

남겨두어야 새로운 시대로의 진입 때도 많은 참고가 되기 때문이다.

오늘날 성경이 세계적으로 가장 많이 읽히고 있는 많은 이유 중에 하나가 구약성서의 무서울 정도로 상세하고 세밀하게 족보와 유대인들의 그 역사를 가감 없이 기록해 놓았다는 점이다. 어떤 씨(氏)족이라도 그렇게 가감 없이 상세히 기록하여 남겨 놓았다면 아마 대단한 인류사의 보배로 남을 것이다.

조선왕조실록이 세계 문화유산으로 등록되듯이.

홍익인간, 재세이화, 성통광명을 건국이념으로 하여 나라를 세운 환인·환웅·단군성조님들의 정신을 잘 이어 받아야 한다는 뜻에서 이 글을 쓴다.

상진아!

아버진 뭔가 잘못된 사람 같다.

모든 종교가 같이 보인다.

아무리 다르게 보려 해도 잘 안된다. 구도의 방법만 다르지 다른 게 없다. 다만 믿는 자의 성격에 따라 알맞은 것이 있겠다만 그 진리의 말씀들에 다른 의미를 찾을 수가 없다.

성경과 불경기자가 아버지 이 이야기하면 도리어 무식하다고 그럴 것 같다. 그러나 아버진 같아 보인다.

우린 공자사상이 들어오면 공자를, 맹자사상이 들어오면 맹자를, 유교가 들어오니 예의범절을, 불교가 들어오니 부처를, 기독교가 들어오니 예수를 배척은 커녕 하늘 받들 듯이 한다.

미친 듯이 섬긴다. 그리고 좀더 세련된 사상이 들어오면 거기에 모든 혼을 다 빼앗긴다. 그 속으로 안 들어가면, 못 들어가면 곧 무슨 결단이 날 것처럼 야단이다. 법석이다. 다만 남의 나라 침공하는 것만 빼고.

그리고 한참 후에 냉정을 찾기 시작한다.

남은 자들이 정신 차려 대중의 열화가 가라앉고 나면 본격적으로 연구하기 시작한다. 그러고 나서인지 그 다음은 별 다툼이 없이 서로 옆집 쳐다보듯이 보고 같이 살아가는 것이다. 그래서 우리에겐 종교분쟁에 휘말려 나라가 어지러운 적이 없다.

이웃나라 쳐다보면 공자나라에 공자 없고 석가모니 나라에 불교 없고 예수나라에 기독교가 없다. 참으로 이상하지 이스라엘은 유대교 이외엔 다른 종교가 아예 없다. 이들은 예수의 존재를 인정하지 않는다. 우리가 9000여 년 전부터 신봉하고 상제님(하나님)을 받들던 신교정신을, 삼신사상을 없는 것처럼 잊어버리고 살아가는 것과 어째 이리 같은지.

그래도 유대민족은 구약성서의 여호아 하나님은 붙들고 있는데 우린 잃어버리고 없다.

누군가 국화빵에 진짜 국화가 없다더니.

그들이 자기 조상 연구하려면 우리나라에 와야 된다.

역사의 아이러니가 아닐 수 없다.

아니 이것이 인류가 살아온 발자취다.

지구 별 형제들이 모두 똑 같다.

이제 남은 것은 우리만 제 정신 차리면 된다.

우리의 삼신 사상, 신교의 정신만 찾아 정리하면 모두 이루어지는 것이다. 한때는 아버진 이런 현상을 사대주의 사상으로 몰아붙이는 사고에 동의 했었다. 그런데 언제부터인가부터 생각이 바뀌었다.

우리는 종교의 발상지가, 훌륭한 사상가의 출생국가와 종족을 가릴 것 없이 진리의 말씀이면 술 취해 정신 나간 사람처럼 받아들인다는 것을 알았다

진리의 참 말씀 앞에선 목숨을 초개같이 버린다.

기독교가 이 땅에 처음 유입될 때 그 얼마나 많은 순교자를 탄생 시켰나 보면 안다.

232

그 순교자들이 바보일까, 천치일까. 아니면 사대주의자들일까.

아버진 이 정신적인 바탕이 무엇이 기틀로 이루어 졌을까를 참으로 오 랫동안 생각해 보았다.

결론적으로 간략히 이야기 하면 이 민족의 피 속에 흐르고 있는 순정이 다. 착한 심성이다.

천심이다. 벙어리 삼룡이 같은 우직한 마음에서 비롯된 것이다.

우리는 천자의 얼을 타고 태어난 것이다. 천자 국이다. 하나님이 세운나 라다. 그래서 삼신을 받들고 살아온 것이다. 삼시랑 할머니 말이다. 자손 을 타 내려주신다는 그 할머니다. 그래서 논리적이지는 못하지만 불처럼 바람처럼 일어나 분기탱천하며 불의를 보면 못 견디는 것이다.

차분한 맛이 없다. 직선적이다. 바른말 막 해댄다. 앞도 뒤도 돌보지 않 고 제대로 계산도 할줄 모른다. 진리에 반하면, 정의에 벗어나면 모든 계 층의 국민이 흥분하는 것이다. 마치 불나방이 불을 향하여 제 몸을 태우듯 이.

하늘의 성품이 그렇다.

본래 하늘의 성품이 그렇다. 그래서 하늘은 작은 바람부터 큰 태풍까지 저 수많은 별들의 자전과 공전을 거느리고 있는 것이다. 그래서 저 빠른 빛의 존재도 다스리며 바라보고 있는 것이다. 안고 보듬고 있는 것이다. 그래서 저 뜨거운 태양도 품고 있는 것이다. 그래서 우리는 이 한민족은 인류의 본보기가 되는 사상과 종교를 모두 안고 사는 것이다.

저 하늘이 불의와 타협하고 사사로운 정에 얽히면 무엇이 되겠는가.

그분은 성품이 대쪽같이 곧아야 하는 것이다.

그분의 아들딸들이라 방법이 없다. 그래서 우리는 꾀도 없어 보이고 대 처 능력도 없어 보인다. 바보 같다.

요즘 남북에서 벌어지고 있는 두 임금이 하시는 것 보면 알 수 있다.

두 분은 엄청 닮아 있다.

아무것도 없으면서 큰소리친다.

혹자는 평하기를 벼랑전술이니 한다만. 백성을 굶기면서 그러니 이런 말을 들을만하다.

김정일 국방위원장이 모여 하면 모이고 흩어져 하면 각자 보따리 싸들고 자기들 나라로 돌아가는 모습을 보고 있으면 그런 생각이 든다.

그 두 분만 닮은 것이 아니다. 백성 모두가 닮았다. 국민들은, 백성들은 아우성이다.

국가원수가 하는 말이 외교적으로도 용납 안 되고 국익도 챙길 줄 모른다고 야단법석이다. 참으로 그들이 바보라 그럴까. 그럼 그분을 뽑은 국민 모두 바보인가. 생각해봐야 한다. 우리의 원형이 무엇인가를 알아내어야 한다. 우리끼리 침 뱉고 욕설하는 우둔한 짓은 이제 그만 둘 때가 되었다.

우린 어떤 불이익을 감수하더라도 할말은 하는 민족성이다.

그것이 우리의 뼛속 깊숙이 녹아 9,000년 이어져 내려오는 것임을 이해할 때가 되었다. 그래서 꾀 많은 다른 민족에게 당하고 할퀴면서 그렇게 많은 유린을 당하면서도 조금만 지나면 잊어버리고 천성대로 살아가는 것이다.

용서도 잘한다. 화롯불 같지 않고 마른 섶 태우듯이 확 사르고 만다. 그리고 잊어버린다. 그렇게 다른 자도 바라보고 있는 것이다.

복수란 개념이 별로 없이 살아가는 것이다.

이런 심성의 대표적 속담이 X이 더러워서 피하지 무서워서 피하나다.

그렇게 우리를 괴롭히던 자도 사과하고 들어오면 술상 받아주고 환대한다.

체면만 잔뜩 세워주면 쌀부대에 쌀이 줄줄 새도 그런 것 대수롭지 않다.

아버지가 만난 사업하는 사람들도 대부분 처음 찾아가는 고객에게 무슨 선물부터 할까 걱정한다. 때론 그것가지고 간부회의도 한다.

아니 이 지구상에 거래도 한 번 없고 본 적도 없는 자들을 찾아가며 선물부터 걱정하는 이 민족의 심성을 멍청하다고 생각해야 할지.

선물 받는 사람이 더 충격적인 정신 상태로 들어가는 것을 아버진 많이 목격했다. 해외출장 갔다 돌아올 땐 선물줄 상대를 처삼촌까지 생각한다. 그것이 우리다. 이러한 정신적 바탕으로 우리나라엔 하늘과 그리고 진리에 관련된 것이 들어오면 그것이 종교이든 학문이든 성공하는 것이다. 아니 진리가 아니라도 좋은 친구라 생각되면 간 쓸개 다 빼준다. 그리고 세월이 지나고 난 후 그때야 스스로 취해있었음을 안다. 이게 우리의 자화상이다. 적어도 아버지 세대까지는 틀림없다. 요즘 젊은이들은 다를런지 몰라도. 그 내림 피가 어디로 가버리겠나. 기껏 꾀부린다 해봐야 점심 값 정도는 손해 안 보려고 하겠지.

상진아 !

아버지 어릴 때 이야기 하나 해줄게.

우리 집도 다른 집처럼 두메산골에서 찢어지게 가난했었다.

그야 말로 초가삼간에 살고 있었는데 그 담벼락 옆에 각설이(요즘은 거지)들이 5~6명 모여서 사는 움막집이 있었다.

아버진 기억이 생생한데 할머니가 바가지에 밀 찌울(밀가루 빼고 난 껍데기)로 만든 수제비를 떠서 나보고 갖다 주라 심부름 시켜서 자주 각설이들을 볼 수 있었다. 우린 밀 찌울이 주식이었다. 생일날이나 명절날 쌀밥 구경하지. 그땐 많이 먹고 불도 없는 통시 칸에(요즘 말로 화장실이다) 너나 할 것 없이 바쁘다.

그 각설이 하는 말이 아직 귀에 쟁쟁하다. 우리가 얻어 줘야겠다고…….

이 집은 복 받을 거라고 지나가는 말인데 자주 들으니까 생생하다.

그들이 우리에게 하는 보답 또한 특이했다. 멋 떨어지게 각설이 타령을 불러 주는 것이다. 이 타령 듣고 있으면 지금도 엉덩이가 들썩인다.

이렇게 시작해.

얼-씨구씨구씨구씨구 들어간다. 절 씨구씨구씨구씨구 들어간다.

작년에 왔던 각설이가 죽지도 않고 또 왔네

어허 품바가 잘도 헌다. 어허 품바가 잘도 헌다

일자나 한 장을 들고나보니 일편단심 먹은마음 죽으면 죽었지 못잊겠네.

둘에 이자나 들고나보니 수중백로 백구떼가 벌을 찾아서 날아든다.

삼자나 한 자 들고나보니 삼월이라 삼짇날에 제비 한쌍이 날아든다.

넷에 사자나 들고보니 사월이라 초파일에 관등불도 밝혔구나

다섯에 오자나 들고보니 오월이라 단오날에 처녀총각 한데모아 추천 놀이가 좋을씨고.

어허품바가 잘도 헌다. 어허품바가 잘도 헌다.

여섯에 육자나 들고나 보니 유월이라 유두날에 탁주놀이가 좋을 씨고.

칠자나 한 자 들고나 보니 칠월이라 칠석날에 견우직녀 좋을 씨고.

여덟에 팔자나 들고나 보니 팔월이라 한가위에 보름달이 좋을 씨고.

구자나 한 자 들고나 보니 구월이라 구일날에 국화주가 좋을 씨고.

남았네! 남았네! 십자 한 자이 남았구나 십리백리 가는 길에 정든 님을 만났구나.

어허 품바가 잘도 헌다. 어허 품바가 잘도 헌다.

다음은 현대에 와서 각색된 것이다.

여름바지는 솜바지 겨울 바지는 홑바지 당신본께로 반갑소 내꼬라지본께 서럽소.

주머니가 비어서 서럽소 곱창이 비어서 서럽소.

일자나 한자나 들어나 보소 일자리없어서 굶어 죽을판

이자나 한자나 들고나 보오소 이판사판 사까다지판

삼자나 한자나 들고나 보소 삼일빌딩 호화판
사자나 한자 들고나 보오소 사짜기짜 잘 살판.
오자나 한자나 들고나 보오소 육씨 문중에 장설판.
육자나 한자 들고나 보소 육씨 문중에 장설판
칠자나 한자나 들고나 보오소 칠전 몽둥이에 불이 날판.
팔자나 한 자 들고나 보오소 팔자타령이 절로 날판.
구자 한자나 들고 보오소 구세주가 와야 할판
십자나 한 자 들고나 보오소 십원짜리 하나가 아쉬울 판
밥은 바빠서 목먹고 떡은 떫어서 못먹소.
죽은 죽어도 못먹소 술은 술이술이 잘 넘어간다.
어허이 품바가 잘도 헌다. 어허이 품바가 잘도 헌다.

참으로 해학이 넘치는 가사가 아니냐. 박자도 괜찮아!

오늘 우리 같이 노래방가게 너 잠깐 다녀가라. 출장비 좀 톡톡히 받아 가지고 와라. 아버지 요즘 각설이와 비슷해. 지구촌의 아버지와 노래방간 다고 말하면 보내 줄 거다. 저승의 아들과 이승의 아버지가 어울려 한바탕 멋 떨어지게 놀아보는 것이다.

아버지 이야기 하는 깊은 뜻은 우리민족의 저변에 깔려있는 심성의 원 형을 너에게 확인 시키는 것이다.

노래방이 이렇게 번성한 나란 없다. 생방송에서 청취자가 전화통을 들 고 노래를 부르고 그것을 방송국에서 직접 생중계하는 나라도 이 지구상 엔 없다. 우리에겐 하늘에서부터 타고난 신명이 늘 우리와 같이 있는 것이 다. 그래서 좋아도 싫어도 슬퍼도 기뻐도 괴롭고 힘들어도 배가고파도 실 컷 얻어맞고 와도 노래로 푼다.

그 수많은 아리랑이 이를 대변한다. 우린 뼈가 시리도록 불러댄다. 그러 면서 삭이고 거기서 자위하고 잊고 그리고 새로운 용기를 얻는 것이다. 새

로운 각오를 다지며 새 길을 부지런히 가는 것이다. 그리하며 인고의 세월을 견디는 것이다.

어떤 관계, 어떤 사연으로 서먹서먹한 것이 있다 해도 한바탕 어울려 놀고 나면 화해가 되는 우리다. 어깨동무해서 한바탕 놀고 나면 모든 게 녹아 없어진다.

이것이 우리다. 지난 잘못 다 잊어버린다. 그리고 용서한다. 이해하고 넘어간다. 우린 한이 많이 쌓이는 민족이 아니다. 한을 즐긴다고 해 둘까. 용서를 빨리 해버리는데 거기에 남은 한이 있겠느냐.

각설이 노래 이야기 하다가 이야기가 옆으로 빠져버렸는데, 그땐 못살아도 우리 집만 그런 것이 아니고 이웃의 인심이 모두 그러하였다. 제 자식 배불리 못 먹여도 이웃에 애기 낳아 양식 없으면 그것부터 챙겨주는 우리들의 심성이다. 지나가는 나그네도 내치지 않고 따뜻한 밥한 그릇 정성 들여 대접하는 그런 심성들이었다. 지금도 이웃나라 재난이 겹치면 우리의 국력과 관계없이 많이 내 놓는다.

이거 시켜서 되는 일 아니다. 이심전심으로 그렇게 하는 것이다.

또 눈을 나라 안으로 돌려보자.

수해나 가뭄 등 특수지역에 재난이 생기면 성금이 줄을 잇는다.

누가 시키지 않아도 막 낸다. 줄을 서서 막 낸다. 학생이고 어른이고 막 낸다. 가난한 자 부자 가릴 것 없이 막 낸다. 고사리 손으로 저금통 뜯어서 들고 나와 낸다. 이게 보통일이냐. 이런 국가, 민족 있으면 나와 보라 그래. 우린 바보인지 모른다. 얼간이인지도 모른다. 배알이 없는지도. 우린 모두 쓸개를 다 빼놓고 태어난 것 같다.

천치인지도 모른다. 이름도 성도 모르는 이웃에 안쓰러운 마음하나로 줄을 서는 것이다. 이 심성으로 치마폭에 돌을 담아 나른 것이다. 그래서 대첩을 극복한다.

아버진 이젠 드디어 이 환란이 유별났던 이민족에 하늘의 깊은 뜻이 있음을 알게 되었다.

이건 괜히 하는 말이 아니다.

내가 너에게 감상적으로 말해 무슨 도움이 우리에게 있겠느냐.

그분의 강림을 우리 스스로 당길 수 있다.

그것은 다름 아닌 정신계의 대혁신이다. 종교계의 대변화이다. 정당간의 대개혁이다.

우리 스스로 몸부림치며 노력해야 한다. 우린 그것을 해낼 수 있는 자질을 가지고 있다.

모든 것에는 때가 있다.

항상 우리 곁에 있는 게 아니다.

불교대학에서 목사와 신부를 초빙하고 신학대학에서 승려를 초빙하여 상호 교환 교수제도부터 시작하는 것이다. 남의 것 받아들일 때의 그 초심으로 돌아가서 상대의 종교 집단에 가서 선교하는 것이다. 서로 그렇게 해서 열린 우주의 한 형제가 되는 것이다.

서로 흉금을 털어놓고 상대의 사상을, 교리를 들어봐야 한다.

직접 보지도 듣지도 않고 주위에서 들은 선입관으로 부정해버리면 그것을 어디에다 쓰겠나. 그런 정신은 버릴 장소도 없다.

말로 하는 진리의 말씀들을 행동으로 하는 것이다

마음의 빗장을 풀어버리는 것이다. 진리를 전한 성현들의 말씀이 무엇이 그렇게 다르겠느냐.

정당도 마찬 가지다.

매일 국민만 팔지 말고 진심으로 국민을 두려워 할 줄 알아야한다.

대변인의 말보다 실천으로,

국민의 입을 대변인으로 만드는 것이다.

무슨 소리를 해도 국가를 위해서인지 자기의 정당을 위해서인지 자기의 개인을 위해선지 다 안다.

세속말로 바람피운 놈은 세상 사람이 모르겠지 하지만 주위의 사람들이 더 잘 알고 있는 것을 모르는 것과 같음을 나라일 보는 사람과 정신세계의 지도층은 다 알아야한다.

그렇게 하기 싫으면 성직자의 길에서 정치인의 길에서 내려오면 된다.

명예도 가져야겠고 권력도 향유해야겠는데 책임을 다하지 않는다면 그걸 어디에 쓰는가.

이젠 나라 뺏기고 독립운동하고 광복하여 3.1절과 8.15 광복절 같은 그런 날 만들면 안 된다.

그리고 쓸데없이 일본을 욕하는 바보는 되지 말아야한다.

당하고 투정부리면 당한 게 없어지남.

상진아.

우리의 마음을 몰라서 그렇지 침략국이 진정으로 사과하면 우린 그것을 잊어버리는 민족임을 그들은 아직 눈치를 못 채고 있는 거뿐이다.

우리를 슬프게 하는 것은 오만과 방자함을 그들의 심성에서 아직 지우지 못한 이웃을 둔 것뿐이다.

화를 내고 분노하는 것도 그 값어치가 있을 때 하는 것이다.

통 크게 보자.

빼앗긴 우리만 자꾸 불쌍해진다.

이것 물고 흔들고 있으면.

또 하나 명심해야 할 게 있다.

응수의 수가 한수 높아야한다.

예를 들어 요즘 일본이 독도를 자기들 것이라 주장할 때, 중국이 동북공정이란 희한한 발상으로 고구려 역사를 자기 역사 속으로 편입하려든다.

이때 우리의 응수는 좀 달라야한다.

거기에 매달려 부정하면 하등 응수가 된다.

독도가 저들 것이라 주장하면 대마도는 우리 것이라 주장할줄 알아야한다.

고구려역사를 저들이 편입 하려들면,

우리는 그들 중원의 역사를 우리 역사에 편입하면 된다.

억지는 억지로 응수해야한다.

그리고 차분히 방어의 방법을 연구해야한다.

흥분할 게 뭐 있는가.

응수의 미학이라 할만한 몇 가지를 들려줄게.

너 오늘 이 편지 받고 몇 번이고 읽어 볼 것이다.

자주 읽어보면 아버지도 기분 좋아 질 거야.

어느 날 서산대사가 제자인 사명대사를 시험해보는데 이러하다.

‘이보게, 사명대사 내손에 있는 이 달걀을 내가 지금 깨트리려 하는가! 그냥 둘려 하는가’ 라고 묻는다.

이에 사명대사가 생각키로 깨트린다하면 그냥가지고 있을 것이요, 안 깨트린다하면 깨트릴 것이니 이에 응수가 이렇다.

벌떡 일어나 방문을 나서며 문지방에 다리를 걸쳐놓고 ‘스승님, 제가 지금 방에서 나가려합니까, 들어오려 합니까’ 라고. 참으로 재치 있는 응수가 아닐 수 없다.

또 한 가지 더해줄게.

1970년도 초에 남북한 적십자회담이 일시적으로 개최된 적이 있는데 그때 일어난 남북한 대표자간의 응수다.

남산 타워에 올라가서 서울의 밤 시가지를 쳐다보고 있던 북한 측 대표가 남측대표에게 응석을 부린다.

‘동무! 우리가 온다고 저 많은 차량들 각 도시에서 가지고 와서 전시하느라고 고생 많이 하셨겠습니다’ 고 하자 이에 남측 대표의 응수가 참으로 촌철살인이다.

'그건 별로 고생될게 없었는데 저기 서있는 저 많은 빌딩들을 옮길 땐 정말 힘들었습니다' 고.

이야기 한 김에 너 좋아하니 하나 더해 줄게. 너 정말 너무 재미있게 듣고 있구나.

미국 대통령 닉슨이 1970년대 초에 중국 북경을 방문했을 때 만찬 석상에서 닉슨부인과 중국의 주석이 주고받은 내용이다.

닉슨 부인이 상대의 비위를 슬쩍 건드린다.

'중국에 이렇게 인구가 많은지를, 그 이유를 알겠다' 고 그러니 중국의 상대가 '왜냐' 고 물으니 '저기 봉사하는 아가씨들의 치마가 양옆으로 찢어진 탓' 이라고(중국여인들은 지금도 옆 터진 옷을 즐겨 입는다) 했다. 그러니 응수가 이러하다.

'그렇지 않아도 두 쪽 다 터지게 입지 말고 한쪽만 찢어서 입으라고 며칠 전 전당대회에서 의결에 부쳐 가결 시켰노라' 고.

멋진 응수는 국가간의 전쟁을 없애기도 하는 예가 많다.

모든 인간관계에서도 마찬 가지지만.

자 오늘의 편지 주제로 다시 돌아가자.

너도 기억하겠지만 아버진 기업을 하고 있을 때 3.1절과 8.15 광복절은 휴식하지 않았다.

물론 상대가 없어 업무는 되지 않았지만 직원과 그 가족들에게 이 수치스러운 날 쉰다는 것이 아버진 용납이 되지 않았다. 이런 날이 없는 것이 더 보기 좋다. 빼앗기지 않았으면 있을 필요가 없는 날 아니냐. 이날은 애초에 없어야 할 날인데 무얼 기념하느냐는 뜻이다.

물론 이면에 숨겨진 우리의 각오를 모르는 건 아니지만.

그래서 회사의 전 직원 및 그 가족들이 함께 남산의 김구 선생 기념관, 효창동의 기념비, 독립운동기념관 등을 견학하며 다시는 빼앗긴 이 서러움을 겪지 말아야한다는 정신무장의 날로 서로를 격려하며 지냈다.

세월은 이렇게 우리들을 할퀴고 지나갔지만, 바야흐로 이민족에게 기회가 온 것 같다.

"산업화는 뒤졌지만 정보화는 앞서자"는 전국가적 목표를 달성한 것이다

그리고 이것이 이루어진 것도 다행이지만 세계적 환경이 달라진 것이다.

어느 정도 각국이 먹고사는 것이 해결되니까 보지 못한 세상을 구경하러 나섰고, 자주 해외를 들락거리는 부류가 많아지다 보니 타국가의 문화를 타민족의 정신을 배우려는 자가 많은 계층을 형성하게 되었다.

그러는 가운데 세계인들의 눈이 이 은둔의 나라에 관심이 집중되는 계기도 만들어졌다.

우리가 모르고 지났던 이 민족의 속살을 영화 혹은 비디오, C.D 등을 통해서 감동을 가지기 시작한 것이다.

그 감동의 주된 흐름은 가족과 이웃 그리고 상하간의 끈끈하게 맺어져 있는 한마디로 말할 수 없지만 깊은 산속의 원시림을 만난 기분처럼 우리의 정 문화를 그들이 봐낸 것이다.

불타는 정열 뒤에 끝내는 순종하며 인의예지신을 근본으로 형성되어있는 우리들의 속내를 보아낸 것이다.

바보 같은 우리의 모습이 그들의 가슴을 파고드는 것이다.

우리를 통해 그들 자신들의 잃어버렸던 천심을 찾아 나선 것이다.

우리 민족의 피 속에 흐르는 전설과 같은 각설이 타령이 신명나는 곡조와 율동이 타 민족에 숨어있는 신바람을 복원시켜주고 있는 것이다. 인의예지신의 정신과 각설이의 율동이 합쳐저 힌류열풍을 만들어 낸 것이다.

물론 잘생긴 배우들의 모습도 한몫 톡톡히 하지만.

그 잘생긴 얼굴에 정신까지 그러니 여기 안 반할 수가 없게 되었다.

그래서 김치도, 한국 요리도, 한복도 모두 함께 동류항이 되어 먹고 싶

고 입고 싶고 그렇게 된 것이다.

한류의 기류가 심상치 않다.

우리가 커피와 햄버거에 취해 있는 것처럼 우리도 다른 민족이 취하고 싶은 그 무엇을 만들어 낸 것이다.

아니 만들어 낸 것이 아니고 주어진 것이 이제 그 빛을 보게 되었다는 표현이 더 적절하겠구나.

우린 총과 칼, 대포로 남의 국가를 유린하며 정복하지 못했지만 우리의 착한 하늘의 심성으로 그들의 정신세계를 바꿔가는 역할을 보고 있음을 아버진 알겠다.

인류의 모든 민족의 심성 속에 천성을 되찾아주는 사명을 가지고 태어났음을 곧 모두 알게 될 것이다.

그렇다고 민족주의는 안 된다. 국수주의, 패권주의도 안 된다.

지구별 인류는 모두 한 형제자매이기 때문이다.

오늘 이 이야기를 해 주는 이유는 타민족의 우수성만 치켜세우지 말고 우리 속에 잠재되어있는 참모습을 바로 볼 때가 되었음을 일깨우려고 하는 것이니 명심하여 이 땅에 태어났음을 자랑으로 삼길 바란다.

네가 있는 신명계에서도 자신감 있게 이야기 할 수 있을 것이다.

그런데 다음의 중국기자의 한 마디는 깊게 새겨들어야 할 것 같다.

며칠 전 중국의 한 신문에 기자가(한국주재원) 쓴 칼럼을 보았는데 그 골자가 이렇다.

'이 나라는 정말 이해 안가는 나라' 라고. 왜냐하면 '한국의 동해와 서해, 남해 역에서는 미국 일본 러시아 중국 잠수함이 수시로 들락거리고, 하늘에는 각국의 위성들이 감시하고 야단인데 이 땅에 한국인들은 태평' 이라고 그러면서 한마디가 시리고 아프다.

"작은 것에 매달려 국토를 불태우고 있다"고

이웃의 충고를 귀담아 들을 줄 알아야한다.

이 밤은 武夷九曲(무이구곡)의 달빛 아래서 통대나무로 만든 배를 타고 9곡에서 1곡까지 유유히 노닐다 가거라.

심심할 것 같으면 선녀들도 몇 명 같이 내려와서….

아버지도 밤에는 못 타봤다.

다음에 가면 달빛아래서 한번 타고 내려와 봐야겠다.

너희 엄마 오늘은 네가 바로 옆에 있는 것 같다고 하시네.

무척 그립고 보고 싶은가봐.

언제 시간 좀 내서 베개 머리에 잠시 머물다 가렴.

꿈결 속에 '사랑해요 엄마!' 한마디 하면서….

〈현무경(玄武經) 中 일부〉

편지.34

동물들의 회동 –금수회의록 중

장남!

잘 있지.

너 5살 때 경진이 3살 때 우리가족 같이 엄마가 운전하면서 여행가는 도중에 차안에서 벌어진 너희 형제의 일인데 아버진 아직 그때 일을 잊을 수가 없다.

뭐냐 하면, 너는 무슨 이야기든지 해주면 좋아 하는 줄 너 동생 경진이가 알고 너를 놀려주는 장면인데 똑같은 내용을 3번이나 반복하여 속고 난 뒤 사정없이 경진이의 얼굴을 때려 한바탕 소동이 난 아주 재미있는 사건이다.

그 내용인즉.

경진이 왈, '형! 재미있는 이야기 해줄까?' 하니

너 왈, 상기된 목소리로 '어 엉' 하고 이야기 듣기 위해 귀를 삐쭉 세우고 있는데 경진이 이야기 시작이 '형! 옛날 옛날에 옛날 옛날에 옛날 옛날에…… 반복하니까 너는 조급증이 설설 나서 다음 이야기를 기다리고 있는데 경진이 왈, '끝나버렸어!!!'

너 왈 '그런 이야기가 어디 있어' 그러니 경진이 위기감을 조금 느끼고 '이번에는 진짜 해준다' 고 그러니까 너 다시 진중하게 기다리고 있고 경

246

진이 하는 이야기는 전과 같고 이것을 3번이나 반복하자 너 그 때 서야 속은 줄 알고 경진이 얼굴을 쥐어박아 울고 불고 한 일 생각 나냐.

네가 얼마나 이야기 듣기를 좋아했으면 3살짜리 동생한테 번번히 그렇게 속아 넘어 갔겠냐.

그때를 생각해서 오늘 아빠가 너한테 재미도 있고 시대상을 풍자하기도 하고 한번깊이 새겨보면 의미가 제법 있어서 너에게 들려 줄려한다.

이 이야기는 안 국선이라는 분이 1908년 "금수회의록" 이라는 소설을 통해 풍자적이고 우화적인 형식을 빌려 동물들이 인간 세상을 향하여 한 말씀씩 하는 것인데 등장하는 동물들이 까마귀, 호랑이, 개구리, 벌, 게, 파리, 원앙새, 여우들이다.

오늘은 너에게 여우가 회의장 단상에 올라가 인간들을 규탄하고 꼬집고 비틀며 야유하는 장면을 이야기 해줄게 .

이 여우가 하는 말이 사실인지 아닌지는 네가 판단하 거라.

연단에 올라가 여러 동물 친구들에게 정중히 인사하고 기생이 시조를 부르려고 목을 가다듬듯이 하고 기침 한 번을 켁켁 하더니 간사한 목소리로 연설을 시작하는데 이러하다.

나는 여우올 시다.

점잖하신 여러분 모여 계시는데 감히 연설하옵기 방자한 듯 하오나 인간들에게 갖가지 소회가 있기에 호가호위(호랑이의 위엄을 빌린 여우)라는 문제를 가지고 두어마디 말씀을 드리려하니 비록 학문은 없는 말이나 용서하시어 들어주시기 바랍니다.

사람들이 옛적부터 우리 여우를 가리켜 말하기를 요망하다거나, 간사하다고들 하고 저희 인간들끼리 이야기할 때도 요망하고 간사한 자를 보면 여우 같은 사람이라고 하니 우리가 그 더럽고 괴팍한 말을 듣고 있으나 우리가 참으로 요망하고 간사한 것이 아니라 정말 요망하고 간사한 것은 사람이요 지금 우리와 사람의 행위를 비교해보면 사람과 우리의 명칭을 바꿔 불러야한다고 감히 생각합니다.

사람들이 우리를 간사하다고 하는 것은 다름이 아니라 전국책이라 하는 책에 기록하기를 호랑이가 짐승들을 잡아 먹이려고 찾아 나설 때 제일먼저 부딪혀 만난 것이 우리 여우였습니다. 그래서 호랑이에게 말하기를 하나님이 나로 하여금 모든 짐승의 어른이 되게 하였으니 나를 해칠 수 있는 입장이 아니라고 이야기한다. 지금 자네가 나의 말을 믿지 아니하면 내 뒤를 따라와 보라 모든 짐승이 나를 보면 다 두려워 할 것이니…….

호랑이가 여우의 뒤를 따라가니 과연 모든 짐승이 나를 보고 벌벌 떨고 다 두려워하니라.

이에 호랑이가 여우의 말을 정말인줄 알고 잡아먹지 못하는지라.

이는 다른 짐승들이 나 여우를 보고 두려워한 것이 아니라 내 뒤의 호랑이를 보고 두려워 한 것이니 여우가 호랑이의 위엄을 빌어서 모든 짐승으로 하여금 두렵게 함인데 사람들은 이를 빙자하여 우리 여우더러 간사하니 교활하니 하되 남이 나를 죽이려 하면 어떻게 하든지 죽지 않도록 주선하는 것은 당연한 일이라 호랑이가 아무리 산중 영웅이라 하지마는 우리의 꾀에 속은 것만 어리석은 것이지 속인 우리야 무슨 잘못이 있으리요

지금 세상 사람들은 당당한 하나님의 위엄을 빌어야 할 터인데 외국의 세력을 빌어 의뢰하여 몸을 보전하고 벼슬을 얻으려고 하며 타국사람을 부추겨서 제 나라를 망하게 하고 제 동포를 압박하니 그것이 우리 여우보다 못한 물건들이라 나는 감히 부르짖고 싶습니다 하니 장내에 우뢰와 같은 박수가 터지더라.

또 나라로 말할지라도 대포와 총의 힘을 빌어서 남의 나라를 위협하여 속국도 만들고 보호국도 만드니 불한당이 칼이나 육혈포를 가지고 남의 집에 들어가서 재물을 탈취하고 부녀자를 겁탈하는 것이나 무엇이 다릅니

까.

각국이 평화를 보전한다하여도 하나님의 권능을 믿고 빌어서 도덕상으로 평화를 유지할 생각은 없고 병장기나 위엄으로 평화를 보전하려하니 우리 여우가 호랑이의 위엄을 빌어서 제 몸 죽을 것을 피한 것 중 어느 것이 옳고 그른지 판단해보시요.

세상 사람들이 구미호를 요망하다고 하는 것은 대단히 잘못 안 것이라.

옛적 책을 볼지라도 꼬리 아홉 있는 여우는 상서러운 것이라 하였으니 「잠학거류서」 라는 책에 구미호는 도가 있으면 나타나고 또 나타날 적에는 복되고 길한 징조라 기록하고 있습니다. 왕포 사자강덕론이라하는 책에는 주나라 문왕이 구미호를 응하여 동편 오랑캐를 물리친다 하였고 「산해경」 이라 하는 책에는 청구국에 구미호가 있어서 덕이 있으면 온다고 했답니다. 그러니 이러한 책을 보더라도 우리 여우를 요망한 것이라 할 까닭이 없거늘 사람들이 무식하여 이런 것은 알지 못하고 여우가 천년을 묵으면 요사스러운 여편네로 화한다하고 혹은 말하기를 옛날에 음란한 계집이 죽어서 여우로 태어 났다하니 이런 거짓말이 어디 또 있으리오.

도리어 사람들이 음란하여 별일이 많으되 우리 여우는 그렇지 않소이다.

우리는 분수를 지켜서 다른 짐승과 교통하는 일이 없고 우리 뿐만이 아니라 여기 모이신 여러분도 마찬가지 아닙니까. 여러분이나 나나 다 그러한데 사람이라 하는 것들은 음란하기가 짝이 없소.

어떤 나리계집은 개와 통간한 일도 있고 말과 통간한 일도 있으니 이런 일이 천하만국에 한 두 사람 뿐이겠지만 옛말에 한 숟가락의 국 맛으로 그 국 전체의 맛을 알 수 있다고 하였습니다,

근래에는 덕의가 끊어지고 인도가 망가지고 없어지는 일들이 한두 가지가 아닙니다.

사람들의 행위가 그러할진대 오히려 하나님을 두려워하지 않고 우리 동

물에게도 부끄러움을 느끼지 않습니다. 지체 높은 대가 집 마나님이 함부로 놀아나며, 이사람 저사람 홀리고 다니며, 각부 아문 공청에서 기생 불러 노름하기 좋아하고, 앞길이 구만리 같은 학생들조차도 기생집에 드나들고, 제 몸으로 난 자식을 돈 몇 푼에 웃음과 몸을 파는 계집으로 내어놓기…….

이런 짓거리를 다 늘어놓을 것 같으면 말하는 제 입만 더러워집니다.

에이, 더러워. 이 하늘과 땅 사이에 더럽고 요사스럽고 간사한 것이 사람입니다.

우리들 여우는 그렇지 않습니다. 저희들끼리 간사한 사람을 보면 여우 같다고 하니 그런 사람을 여우라고 한다면 지금 이 세상에 여우 아닌 사람이 도대체 몇 명이나 되겠습니까.

또 자기들끼리 서로 여우같다 는 말을 떠벌려도 가만히 듣고 있었지만, 우리더러 만일 사람 같다고 한다면 우리 여우는 그런 더러운 이름을 받지 않겠습니다.

제 생각 같으면 이후로는 사람을 사람이라 부르지 말고 여우라 불러야 하며, 대신 우리 여우를 사람이라 하는 것이 옳은줄 압니다.

이렇게 여우는 인간들을 향하여 신랄하게 비판하고 연단을 내려오는데 거기에 모인 각종 동물들이 우뢰와 같은 박수로 기립하여 환영했다고 하는구나.

상진아 어떠하냐. 여우의 인간 규탄 발언이…….

100년 전 이 작가의 눈에 그렇게 보였는데 오늘 다시 환생하여 본다면 무슨 말로 우리에게 훈계할지 등골이 오싹하구나.

아버지가 보기에 여우의 발언이 구구절절 틀린 곳이 없어 보인다.

우리 기도하자.

새로운 세상이 하루빨리 우리 앞에 전개되기를.

하나님, 옥황상제님, 미륵불님께 진실된 마음으로 기도하고 또 하자.

오늘의 하늘 말씀
"우리는 고통 당하면서도 기뻐합니다. 고통은 인내를 낳고 인내는 시련
을 이겨내는 끈기를 낳고 그러한 끈기는 희망을 낳는다는 것을 우리는 알
고 있습니다. - 신약성서 로마서 5장-

이 밤 너는 어느 별에 머물고 있을까 편히 잘 자거라.
지구별에서 아빠가.

편지.35

우화속의 우리들의 자화상

장남!

오늘은 생떽지베리의 「어린왕자」 중에 남기고 간 우화를 들려줄게.

가만히 새겨보면 우리의 일상생활 속에서 빈번히 발생하는 상황이 이 우화 속에 있기 때문이다

어린왕자가 여러 별을 여행하는 중 술주정뱅이를 만나게 된다.

어린왕자가 묻기를 술은 왜 그렇게 마시냐고 물으니 술주정꾼의 대답이 '잊기 위해서' 라고 대답한다, 어린왕자가 '무엇을 잊어버리기 위하여냐'고 다시 물으니 술주정꾼 왈 '부끄러운 것을 잊기 위해서' 라고 대답한다. 어린왕자는 무언가 도와주고 싶어서 다시 묻기를 '무엇이 그렇게 부끄럽냐' 고 물었더니 술주정꾼 왈 '술 마시는 것' 이 부끄럽다고 어린왕자에게 대답한다.

어린왕자 왈 '참으로 어른들은 이해할 수 없는 존재' 라고 되 뇌이며 그 별을 떠나버린다.

주위에 그런 사람 많고도 흔하다.

이 「어린왕자」는 세계에서 성경 다음으로 많이 읽히는 무척 인기 있는 책이다. 국가, 민족 가릴 것 없이 매우 사랑 받는 내용으로 가득하다.

아버진 마음이 허하면 어린왕자를 만나보는데 그 꼬마가 신선한 메시지를 주곤하지…….

이별 저별 너처럼 여행하고 다니니 우연히 만나 볼 수도 있겠구나.

만나거든 친구로 사귀어 봐도 좋을 듯 싶구나.

짜기가 살고 있는 별에 꽃을 한 송이 키우는데 여러 별을 다니면서 그

꽃을 돌볼 수 없어서 늘 마음이 편치 않은 어린왕자다.

이 밤도 자기 전에 한마디

편안하고 한가로울 때 삼가 걱정할 것이 없다는 말을 하지 말라. 걱정할 것이 없다는 말이 나오기가 바쁘게 걱정할 일이 생긴다. 입에 맞는 음식이라 해서 많이 먹으면 병을 만들고, 마음에 기쁨이 있다 해서 지나치게 되면 반드시 환란이 있다. 병이 난후 약을 먹기보다는 병이 나기 전에 스스로 예방하라. -소 강절-

장남! 오늘은 좋은 말씀 하나 더 자기 전에 들려주어야겠다.

중국 고사에 새옹의 말에 대한 이야기다.

잘 음미해보면 우리 주위에 자주 일어나는 일들이다.

내용은 이러하다.

새옹이라는 사람이 국경지역인 변방에서 살고 있는데 어느 날 준마 한 마리가 자기 집으로 들어와서 새옹이 무척 기분이 좋아 동네 사람들에게 자랑을 했다.

그 동네에 같이 살고 있는 노인 한 분이 새옹이에게 한마디 해준다.

'까닭 없이 들어온 재물에 그렇게 기뻐할 것이 못된다'고…….

그런데 어느 날 새옹의 아들이 말을 타고 사냥을 다니다가 낙마하여 다리를 부러뜨려 절름발이가 되었다.

그때는 새옹이 말을 원망하며 한숨 짓고 사는데 지난번 그 노인께서 다시 한 말씀 해준다.

내용인즉, '너무 슬퍼 할 일이 못된다'고. 세상살이 크고 작은 재앙들은 또 다른 길을 가르쳐 주려는 의도가 숨어 있음을 알아야 한다고…….

그리고 난 후 얼마 지나지 않아 나라에 전쟁이 일어나 모든 젊은이들이

병사로 차출되어 나가게 되고 많은 젊은이가 죽고 돌아오지 못했지만 새옹의 아들은 불구로 있어 차출 되지 않게 되었다는 고사다.

이 고사가 우리에 무엇을 시사 해줄려는지 잘 알 것이다.

일상사 일희일비는 부지기수로 우리의 주변에 발생하고 있지만 실로 까닭 없이 우리를 괴롭히는 것은 아무것도 없다는 진리를 알아두기 바란다.

아버진 네가 먼저 저세상으로 가버렸지만 거기에도 또 다른 분명한 하늘의 숨은 의도를 알 것 같구나.

삼계가 하나로 묶여져 돌고 도는 이 세상 저 세상 인식의 틀을 삶의 틀을 넓혀주는 계기 말고도…….

이 밤 잘 자고 너희 엄마한테 자주 좀 다녀가거라.

꿈속에서 너를 한 번 만나고 나면 3개월은 기분이 좋으신 것 같다. 엄마는 삼계가 있고 없고 중요하지 않고 너와 한번이라도 더 만나는 것이 중요하다.

아버지 말 무슨 뜻인지 알겠지.

오늘밤 저 별빛 속에 너로부터 한 통의 편지가 올 것이라 기대되는 밤하늘이다.

추신
상진아!
경진이 군에 간다. 2006년 6월 1일자 입영통지서가 왔다. 너도 군에 가서 아버지 곁으로 오지 않고 본래 네 고향으로 가버렸는데 경진이도 군에 간다.

경진이도 가서 제 고향으로 가 버리면 어떻게 해!

그래도 아버진 대견스럽다.

방위로 빼달라, 군면제 시켜달라 억지 부리지 않고 제 스스로 선뜻 나서서 간다니…….

254

아버진 흐뭇하고, 자랑스럽다.

대한의 아들이 되는 것이니까.

이 민족의 후예로서 살아가는 참 아들이 되는 것이다. 그래도 아버진 눈물이 나온다.

네가 잘 지켜주거라. 너의 동생 경진이를!

하늘에서 온 편지 하늘로 보낸 편지

2006년 02월 20일 초판인쇄
2006년 02월 25일 초판발행

지은이:강 영 기
펴낸이:이 혜 숙
펴낸곳:도서출판 신세림
      100-015 서울특별시 중구 충무로5가 19-9 부성B/D 702호
표지/편집디자인:엄 은 미
등록일:1991. 12. 24
등록번호:제2-1298호
전화:02-2264-1972
팩스:02-2264-1973
E-mail:shinselim@chollian.net

정가 9,000원

ISBN 89-5800-042-2, 03810